自治区重大文化工程《格萨尔》藏译汉项目
《〈格萨尔〉艺人桑珠说唱本》汉译丛书

果　岭

（下）

《格萨尔》藏译汉项目领导小组办公室

吾见才让　　翻译
李 连 荣　　译校
方 晓 玲　　编校

西藏藏文古籍出版社

图书在版编目（CIP）数据

果岭．下／吾见才让译．-- 拉萨：西藏藏文古籍出版社，2020.11

ISBN 978-7-5700-0473-7

Ⅰ．①果… Ⅱ．①吾… Ⅲ．①藏族－英雄史诗－中国 Ⅳ．①I222.74

中国版本图书馆 CIP 数据核字（2020）第 209380 号

果岭·下

译　　者　吾见才让
责任编辑　曾　恒
装帧设计　刘　炜
策　　划　天利文化
出　　版　西藏藏文古籍出版社（拉萨市色拉路 22 号）
　　　　　邮政编码：850000
　　　　　打击盗版：0891-6930339
印　　刷　大厂回族自治县德诚印务有限公司
经　　销　全国新华书店
开　　本　16 开（710×1 000）
印　　张　32.5
印　　数　0001-3000 册
版　　次　2020 年 11 月第 1 版第 1 次印刷
标准书号　ISBN 978-7-5700-0473-7
定　　价　68.00 元

《格萨尔》藏译汉项目领导小组

总顾问：洛桑江村

顾　问：白玛朗杰

组　长：陈　凡

副组长：索　林　车明怀　卢明秀　降边嘉措
　　　　杨恩洪

成　员：诺布旺丹　次仁平措　许德存　宁　梅
　　　　达　瓦　黄　智　蓝国华　王彦杰
　　　　白玛扎西　阴海燕

办公室：次仁平措（主　任）　蓝国华（副主任）
　　　　王彦杰（副主任）　裴洪霞　尼玛仓决
　　　　白玛扎西　阴海燕　索朗扎西

专家组：巴桑旺堆　格桑益西　曼秀·仁青道吉
　　　　仁　增　索朗格列

《〈格萨尔〉艺人桑珠说唱本》
汉译丛书编委会

目　录

总 序

白玛朗杰[1]

传承民族优秀传统文化是推动文化大发展大繁荣、建设社会主义文化强国、传承民族血脉、建设人民精神家园的必然要求。党的十八大提出，“建设社会主义文化强国，关键是增强全民族文化创造活力”“建设优秀传统文化传承体系，弘扬中华民族优秀传统文化”。2015 年，习近平总书记在中央第六次西藏工作座谈会上指出：“加强民族团结，不断增进各族群众对伟大祖国、中华民族、中华文化、中国共产党、中国特色社会主义的认同。”为了把西藏建设成为中华民族特色文化保护地，我们亟需将藏民族史诗《格萨尔》推向全国乃至世界，以进一步丰富中华民族文化宝库。2013 年 6 月，西藏自治区社会科学院向西藏自治区人民政府呈报了《关于启动自治区重大文化工程〈格萨尔〉史诗藏译汉项目的请示》。在洛桑江村主席的亲自关心下，2013 年 12 月自治区重大文化工程《格萨尔》藏译汉项目得以立项。如今，30 卷本的《〈格萨尔〉艺人桑珠说唱本》汉译丛书即将陆续与广大读者见面。这是党和政府大力关怀和支持的结果，是课题组的同志们辛勤努力的结果，也是中国《格萨尔》学界众多同仁通力协作的共同成果。

1　白玛朗杰：西藏自治区重大文化工程《格萨尔》藏译汉项目领导小组顾问，第十届政协西藏自治区党组副书记、副主席，西藏自治区社会科学院原院长。

一

人类的思想和文化是智慧的结晶、进步的阶梯、文明的象征。德谟克利特说：“智慧生出三种果实，即善于思想、善于说话、善于行动。”为了实现中华民族伟大复兴的中国梦，一方面，我们要立足时代，放眼全球，锐意进取，吸取现当代人类社会的一切优秀文明成果，创造无愧于时代、无愧于人民、无愧于历史的文化成果；另一方面，我们还要向历史和祖先学习，发扬中华民族优良传统，保护和传承优秀民族传统文化，从中挖掘有益成分，汲取营养和精华以丰润己身。

藏族是中华民族的重要成员，是一个有思想、善说唱、富有智慧的伟大民族。英雄史诗《格萨尔》是被公认为“藏族文学之冠”的名著，在千百年来的流传演变过程中，它以高度的人民性和强大的艺术生命力在藏族民间不断得以充实和发展。直到今天，《格萨尔》说唱艺人仍以他们非凡的聪明才智和辛勤的劳动创作活跃在民间，为史诗增光添彩。从全世界史诗的情况看，首先，《格萨尔》与《伊利亚特》《奥德赛》《罗摩衍那》《摩诃婆罗多》等相比，其最大的不同是仍以活的形态流传于世。早在1776年，俄国学者帕拉斯在《俄罗斯帝国各省旅行记》中就对《格萨尔王传》给予了极高的评价。众所周知，无论是《伊利亚特》《奥德赛》，还是《罗摩衍那》《摩诃婆罗多》等著名史诗，都早有定本传世，但早已没有创作性说唱艺人可寻。《格萨尔》史诗不仅至今尚未有最后之定本，而且各种抄本、刻本、说唱整理本仍在不断增加，《格萨尔》民间艺人的说唱活动从未停止，至今仍有百余位《格萨尔》说唱艺人活跃在民间。从根本上讲，众多活跃在民间的《格萨尔》说唱艺人的存在，是《格萨尔》史诗仍然以活的形态传唱的现实基础。其次，《格萨尔》是一部结构宏伟、内容丰富、卷帙浩繁的史诗巨制。据研究人员不完全统计，《格萨尔》全传至少有226部，累计100多万诗行，这要比之前常说的世界最长史诗《摩诃婆罗多》的20多万诗行还要长。较早研究《格萨尔》的王沂暖（1907—1998）教授，曾经填写《凤凰台上忆吹箫·格萨尔颂》[1]一词，把千年史诗《格萨尔》的神采风华歌颂得淋漓尽致。

中华文化是中华各民族成员在长期的生产、生活中积累形成的，是一笔宝贵的精神财富。《格萨尔》是中华文化中闪烁着熠熠光彩的魅力瑰宝，它集中代表了古代藏族文学的最高成就，是一部涉及古代藏族社会生活、民族历史、经济文化、阶级关系、民族交往、意识形态、道德观念、风俗习惯、宗教信仰的百科全书。自20世纪30年代始，任乃强、李安宅、谢国安、刘立千、马长寿、何剑薰、谭英华、陈宗祥、彭公侯等一批学者就对其作了详细述介和研究。中华人民共和国成立后，在马克思主义理论指导下，中国民族民间文化的发展迎来了新的春天，《格萨尔》也受到了前所未有的重视。著名文学家茅盾、周扬和老舍等人较早对《格萨尔》给予了关注。1956年在北京召开的中国作协第二次理事会上，老舍做了关于少数民族文学创作和发展的报告，其中提及《格萨尔》并首次将其定性为“史诗”。1958年，中央政府有史以来第一次在青海、西藏、甘肃、四川、云南等广大藏族同胞聚居地有计划、有组织地搜集、整理、抢救《格萨尔》，并取得了显著成绩。十一届三中全会后，随着国家对文学发掘和研究的深入，《格萨尔》的搜集、整理与研究在国内出现了无比繁荣的局面。1980—1981年，全国七省区召开“格萨尔工作会议”，之后有关省区相继建立了“格萨尔”工作组及专门机构[2]积极从事《格萨尔》的抢救、搜集、整理、翻译、研究和出版工作。随着国内相关科研院所、高等学校格萨尔研究机构的纷纷成立，尤其是中国社科院《格萨尔》研究中心的成立，国内集中出现了一大批主

1 这首词的全部内容为：世界绝无，人间仅有，说来话粲莲花。似空中虹彩，天外奇霞。难尽无边才艺，何须借铁板红牙，只面对云山雪岭，传唱千家。堪夸，英雄儿女，有梵王神子，度母仙娃。任东西南北，雨露风沙。战罢天魔五百，让玉宇无限清嘉。舒放眼，泱泱万里，诗国中华。

2 参阅《记〈格萨尔〉工作座谈会》（载《民间文学》1980年第8期）、《藏族英雄史诗〈格萨尔〉第二次工作会议纪要》（载《民族文学研究》1981年第1-2期）、《西藏成立抢救、整理〈格萨尔王传〉领导小组》（载《西藏日报》1980年6月25日）等。

要从事《格萨尔》研究的学者，成就斐然[1]。20世纪90年代，中国学术界已经鲜明地提出建立“《格萨尔》学”[2]，这是中国现代藏学繁荣发展的重要表现。2001年10月，在法国巴黎召开的联合国教科文组织第31届大会上，参会人员一致通过将我国“《格萨（斯）尔》千年纪念活动”列入该组织参与的周年纪念活动之中，这是迄今我国政府向该组织唯一申报成功的一项周年纪念活动。2009年9月，在阿联酋首都阿布扎比召开的联合国教科文组织保护非物质文化遗产政府间委员会第四次会议上，我国的《格萨（斯）尔》被批准列入《人类非物质文化遗产代表作名录》。

二

人民群众是历史的创造者，是一切文艺创作的源头活水。《格萨尔》史诗是一部以抑强扶弱、除暴安民为主线的宏伟史诗，反映了人民群众与社会丑恶势力作斗争，消除青藏高原一切不平等和灾难，用自己的劳动和汗水缔造幸福生活的美好愿望。也正是因为如此，在“政教合一”的封建农奴制度下，统治阶级最害怕听到说唱《格萨尔》，最害怕听到这一歌颂人民的力量以及呼唤自由、平等和幸福的乐章。旧西藏地方政府利用统治农奴的各种手段，禁止《格萨尔》史诗的说唱和传播，把它当作“下等人”

1 从1989年开始，中国政府主导开展了七次《格萨尔》国际学术研讨会，时间分别为1989年11月（成都）、1991年8月（拉萨）、1993年（锡林浩特）、1996年7月（兰州）、2002年7月（西宁）、2006年7月（玛曲）、2015年7月（成都）。

2 王兴先：《关于建立“格萨尔学”科学体系的初步构想》，载《西北民族学院学报》1993年第2期；王兴先：《〈格萨尔〉与“格萨尔学”》，载《甘肃科技》2003年第12期；扎西东珠：《“格萨尔学”学科之我见》，载《中国藏学》2002年第4期。王兴先在《〈格萨尔〉与“格萨尔学”的发展历史》中提到：“《格萨尔》研究之所以能够逐渐形成为一门独立的学科，就是因为既有《格萨尔》史诗本体提供的形成一门学科的基本要素和它所富有的历史文化之魅力，又有它的研究者们的创新思维和开拓性研究之功以及二者的有机结合。”

的“俗言俚语”，称其为“乞丐的喧嚣”，称民间艺人为“下贱的乞丐”。广大民间说唱艺人过着以乞讨为生的流浪生活。

西藏和平解放后，党和政府投入大量人力、物力和财力到西藏《格萨尔》的抢救、整理、出版、翻译等工作中，在党和政府的领导、关心、支持下，该项工作有了快速的发展。1980 年 4 月，国家批准成立西藏自治区《格萨尔》领导小组及抢救办公室，指定自治区党委宣传部、自治区社会科学院、自治区文联、自治区出版局的负责同志分别担任抢救领导小组正副组长，自治区文联代管抢救办公室。财政下拨抢救专项经费，建立了西藏有史以来第一个《格萨尔》抢救领导小组和抢救办事机构——西藏自治区《格萨尔》抢救办公室，核定编制为 15 人。同时，在西藏师范学院（西藏大学前身）成立了《格萨尔》民间说唱艺人扎巴抢救小组，当时受到中央有关部委的表扬，并成为七省（区）的榜样。1984 年，西藏自治区《格萨尔》抢救办公室正式划归西藏社会科学院管理，成为社科院下设县级部门，编制 10 人，专项经费每年 10 万元。1987 年机构改革时，《格萨尔》办公室降级合并到西藏社科院原语言文学研究所，并取消了专项经费。1997 年机构改革时，随着原语言文学研究所和民族研究所的合并，《格萨尔》办公室划归民族研究所管理，成为民族研究所的一个内设室，对外亦称自治区《格萨尔》研究中心。

西藏《格萨尔》抢救办公室成立之初，国家投入大量人力、财力和物力，为史诗的抢救、保护、整理、出版和研究工作奠定了良好的基础。30 多年来，《格萨尔》抢救办公室做了大量工作：

一是 20 世纪 80 年代开展大面积的艺人普查工作，对西藏范围内的重点说唱艺人及其唱本进行了录音、整理和出版。了解和掌握艺人的现状，记录艺人口头说唱本是《格萨尔》抢救工作的重中之重，在当时是一项非常急迫的工作。20 世纪 80 年代初，自治区人民政府投入大量资金，先后 20 余次派人到《格萨尔》史诗流传比较广泛的地区，进行了大规模的民间艺人普查，《格萨尔》史诗旧版本搜集以及有关传说、实物等抢救工作。经过这一阶段的工作，工作组先后共寻访到能说唱 10 部以上《格萨尔》史诗的民间艺人 57 名。根据“择优择缺”原则，按照“优先为老艺人录音”的指导思想，《格萨尔》抢救办公室进行了深入细致的录音整理工作。目前，西藏社会科学院已完成录制 100 多部《格萨尔》艺人说唱本，整理磁带 5000 多盘，笔录成文 90 部，《格萨尔》抢救工作的进度和质量均走在了全国各省（区）前列。

二是《格萨尔》旧版本及实物的登记和抢救取得历史性突破。过去，与《格萨尔》史诗相关的实物及旧版本零散地保存在民间，这些资料不仅从来无人问津，还极易损坏和丢失。在普查寻访艺人的同时，抢救办公室对这些有关《格萨尔》史诗的实物进行全面普查和鉴定，对其中具有一定历史价值和艺术价值的珍贵文物进行抢救和保护。这是《格萨尔》抢救工作的重要组成部分，对于史诗的全面研究具有不可替代的重要作用。随着工作的深入开展，西藏全区先后搜集和发现 50 多种与《格萨尔》史诗有关的民间人物传说和 10 件实物，搜集到 74 部 55 种《格萨尔》史诗旧版本和旧手抄本，整理出版《格萨尔》旧版本 32 部。

三是 2000 年之后启动了抢救、整理、编辑和出版《〈格萨尔〉艺人桑珠说唱本》的文化工程。桑珠（1922—2011）是杰出的《格萨尔》说唱艺人，也是一位被人津津乐道的奇人，他目不识丁，却能说唱 50 万诗行。这是藏民族独有的一个文化现象，“桑珠现象”可以说在全世界都绝无仅有。桑珠是西藏丁青县人，他在旧西藏和其他很多说唱艺人一样云游四方，以说唱《格萨尔》史诗为生，过着牛马般的乞丐生活。西藏和平解放后，他和百万农奴一起翻身获得新生，在拉萨市墨竹工卡县尼玛江热乡定居落户，建立了自己的家庭。1984 年，桑珠和其他十余名民间艺人一起受聘于西藏社会科学院，并与他们合作抢救说唱故事。桑珠艺人极富说唱天赋，说唱从不人云亦云，对《格萨尔》史诗有着自己透彻的认识和独特的见解。1991年，他被国家民委、文化部、中国文联、中国社会科学院四部委联合授予“《格萨尔》说唱家”称号。而后，他又被授予“国家级非物质文化遗产项目代表性传承人”，并被学术界誉为“语言大师”和“国宝级人才”。目前，藏文本的《〈格萨尔〉艺人桑珠说唱本》丛书45部（48本）经整理、编校人员的艰辛劳动，现已基本整理和出版完毕。这套丛书的问世，不仅创造了世界史诗领域个体艺人说唱史诗最长的记录，而且填补了迄今还没有整理和出版过单个艺人全套《格萨尔》说唱本的历史空白。若按平均每部（本）10000多诗行计算，这套丛书的诗行总数将超过520000，大大超过了《摩诃婆罗多》的207000诗行，创造了世界史诗文本新的吉尼斯纪录。2011年2月16日，桑珠老人不幸去世，这是《格萨尔》抢救保护工作的重大损失。我们只有加倍地努力，继续做好这项工作，才不辜负老人的期望，不辜负人民的期望。

三

翻译是语际交流和沟通的桥梁，是传播民族文化、促进文化交流的重要途径。历史上，西藏地方通过翻译佛教、医药、天文历算等书籍[1]与祖国

1　松赞干布时，从古印度翻译《十二缘起》《六日轮转》等占卜理算书籍；又如《松赞干布遗教》说，“法王松赞干布在位之时，从印度迎请鸠摩罗大师，由吞弥·桑布扎为他担任翻译，译出《阿毗达摩藏》的广、中、略三种写本；又迎请尼泊尔的锡拉曼殊大师，由尼泊尔妃赤尊公主担任翻译，译出《经藏》《华严经》《观世音菩萨经咒》等；又迎请印度的婆罗门夏迦罗，由阿札雅达摩郭夏担任翻译，译出《律藏》《迦陵迦光明律》《止雅经咒》等；又从汉地迎请和尚摩诃衍那大师，由汉妃公主和拉隆多吉贝担任翻译，译出众多汉地历算及医药之书籍”。赤德祖赞时，汉族人格谢哇翻译了《金光明经》《业缘智慧经》，比吉赞巴锡拉翻译了许多医药书籍。赤松德赞时，有所谓“译师六试人”出现，他们是努布·南喀宁布、孜·嘉哇洛追、如贡·比雅热扎、突厥吾比夏、朗·贝吉僧格、杰·古古热扎，他们翻译了许多密咒部的经续。达仓宗巴·班觉桑布著，陈庆英译：《汉藏史集》，西藏人民出版社，1986年，第87、89、95、99页。

内地及周边国家和地区保持了密切的文化联系[1]，丰富了西藏地方文化的结构体系和内容，也为藏文化的翻译积累了历史经验。《格萨尔》史诗是当今世界第一长诗，尽快完成从口头文学到文字文学的转化，尽快完成藏文本到汉译本及其他文字译本的转化，是一件功在当代、利在千秋的大好事，是中华民族对世界文化宝库所作出的重要贡献之一，推动了中华文化走向世界，同时也是我们有力回击和反驳达赖分裂主义集团和西方敌对势力长期恶毒攻击"西藏传统文化毁灭论"的现实需要。因此，实施《格萨尔》史诗系列丛书的翻译工程任务十分紧迫，做好这项工作具有重大的现实意义和深远的历史意义。

第一，形成丰硕的《格萨尔》翻译成果，有利于用事实说话，有力驳斥达赖集团的"西藏传统文化毁灭论"。西藏和平解放后，西藏虽然摆脱了帝国主义势力的羁绊，但1959年达赖集团叛逃以后，在西方敌对势力的支持下，长期在国内外从事针对西藏的分裂破坏活动。从国际大形势看，西方反华势力和达赖集团在西藏历史问题上一直歪曲事实，制造谎言，尤其是在文化上鼓吹"西藏传统文化毁灭论"，蒙蔽世界舆论，欺骗了不少不明真相的人士。在文化工作上，我们需要与其展开针锋相对的斗争，开展重大文化工程，以文化保护与创造成果的事实揭示谎言，廓清迷雾，以正本清源。从这种意义上讲，我们开展《格萨尔》藏译汉工程的任务就显得刻不容缓。《〈格萨尔〉艺人桑珠说唱本》汉译丛书的出版，不仅有助于鼓舞西藏人民推动文化大发展大繁荣的巨大热情，而且还将进一步促进

1　元代中央政府集合官员及西藏、北庭、汉地和印度僧人对汉藏佛教经典进行勘同、分类、纠误和拾遗，最后编写出了一部藏汉对勘的佛教大藏经目录——《至元法宝勘同总录》。（苏晋仁：《藏汉佛教学者团结合作的盛举——纪念佛经对勘七百周年》，载《西藏研究》1985年第4期，第37—47页。）自元以来，《大藏经》曾被译成蒙文、汉文、满文等多种文字，促进了佛教文化的传播和交流。如，元大德（1297—1307）年间，在萨迦派喇嘛法光的主持下，由西藏、蒙古、回鹘和汉地僧众将藏文《大藏经》译为蒙文，在西藏地区雕造刷印。又如，金代民间劝募的《赵城金藏》，1959年9月在西藏萨迦寺北寺图书馆发现31种、559卷卷轴式装帧木刻印本佛经，其编次和《赵城金藏》完全一致，从版式、字体和刻工等方面判断，基本上可以肯定是《赵城金藏》输版入燕京后的补雕印本。

民族文化的传播与交流，有力地粉碎达赖集团和西方反华势力鼓吹“西藏传统文化毁灭论”的无耻谎言，在国际视听中匡正言论，维护西藏地方之于中国的无可争辩的主权，维护西藏社会稳定和民族团结，是一项具有重要政治意义的文化工程。

第二，开展《格萨尔》汉译工程，有利于弘扬西藏优秀传统文化的传承体系，建设好中华民族特色文化保护地，促进西藏的文化认同。2014 年 9 月，习近平总书记在中央民族工作会议上特别强调：“繁荣发展各民族文化，要在增强对中华文化认同的基础上来做，对本民族历史坚持正确的观点，不能本末倒置。”这对于我们开展《格萨尔》藏译汉项目、繁荣和发展西藏优秀传统文化，提供了正确的工作方向和有力的理论指导。习近平总书记还讲到：“加强中华民族大团结，长远和根本的是增强文化认同，建设各民族共有精神家园，积极培育中华民族共同体意识。文化认同是最深层次的认同，是民族团结之根、民族和睦之魂。文化认同解决了，对伟大祖国、对中华民族、对中国特色社会主义道路的认同才能巩固。”[1]2015 年 8 月，习近平总书记在中央第六次西藏工作座谈会上指出：“必须全面正确贯彻党的民族政策和宗教政策，加强民族团结，不断增进各族群众对伟大祖国、中华民族、中华文化、中国共产党、中国特色社会主义的认同。”要想把《格萨尔》变成中华民族共同的精神财富，进而成为全人类的共同财富，就需要通过翻译，而做好汉译本的翻译，是至关重要的。可以说，开展《格萨尔》藏译汉项目，有利于将藏民族千百年来世代传唱的英雄史诗翻译成国家通用语言文字，使之传播于全国乃至全世界，有助于增强西藏各族人民对于中华民族的文化认同，进而增强各族群众对伟大祖国、中华民族、中华文化、中国共产党、中国特色社会主义的认同。

第三，开展《格萨尔》汉译工程，有利于推动西藏文化大发展大繁荣，

1　习近平：《在中央民族工作会议上的讲话》，2014 年 9 月 28 日。

促进西藏哲学社会科学和藏学研究事业。作为民间文学，特别是具有世界级重要成果的《格萨尔》是藏学研究的重要领域之一，对其进行系统整理和翻译，对于繁荣发展我国哲学社会科学和藏学研究事业将发挥积极作用。藏学的故乡在中国，西藏是藏学研究的发祥地，藏学的旗帜理应由我们高高举起。然而，长期以来在藏学研究上“西强我弱”的被动局面始终没有被根本扭转，给我们的涉藏外事外宣工作带来了诸多麻烦。西方反华势力和达赖分裂主义集团企图长期把国际藏学研究当成阻止中国前进步伐的工具，现行的国际藏学学术研讨会，时常由国外研究机构操作，反华势力幕后插手，明确设置我国参会人员的资格、论文评定等学术“门槛”，企图把持我国涉藏外宣在国际舆论舞台上的话语权。积极主动改变这种不利的被动局面，已成为当前藏学工作迫在眉睫、势在必行的大事。我们开展《格萨尔》翻译工作，即是瞄准这一方向的有益文化工程。有一次，时任中央外宣办副主任的崔玉英同志曾与我交流涉藏外宣问题，她鼓励我们将来把藏族英雄史诗《格萨尔》翻译成外文，将其拿到国际藏学研讨会上和涉藏外宣活动中，这是对我们继续开展好《格萨尔》传承工作的莫大鼓励和鞭策。

第四，我们有能力、有信心、也有勇气做好《格萨尔》翻译工程。中华人民共和国成立后，党和政府高度重视《格萨尔》史诗的抢救、整理、保护、出版和翻译等工作，经过30多年的艰苦努力，该项工作取得了令人振奋的丰硕成果。然而，整理出版的《格萨尔》文本绝大多数是藏文书籍，能够阅读原文的人很少，更不必说概知其全貌。与此同时，现实中的《格萨尔》译本屈指可数，根本不能反映全传的完整面貌，让这部世界级的民族史诗埋没于世实在可惜。这种严酷的现实告诉我们，必须下大决心攻坚克难，及时启动《格萨尔》史诗的翻译工程。经过几年的努力翻译，我们这套《〈格萨尔〉艺人桑珠说唱本》汉译丛书即将与世人见面，可以使全国各族群众都有机会了解《格萨尔》史诗，实现了我国政府向联合国教科文组织申报世界遗产时许下的“要在几年内让《格萨尔》工作取得显著成效”的承诺，又能以此丰富中华民族的文化宝库，为实现中华民族伟大复兴的中国梦提供文化智力支持。

四

翻译工程必须遵循翻译标准，实施精品战略。中国的翻译理论和实践在世界上有显著的地位。《格萨尔》藏译汉项目是西藏自治区重大文化工程，为了保证翻译工程的质量，项目领导小组办公室专门制定了《翻译要则》，统一了名词术语。在项目开展中，要求项目参与人员树立精品意识，实施精品战略，将“科学本”与“文学本”相统一，力求达到艺术翻译的高度，使《格萨尔》汉译本成为经得起时间和实践的检验、经得起人民群众的检验、经得起国内外专家学者的检验的典范之作。在质量上，译文总体上遵守“信、达、雅”相统一的原则，以信为本，遵实崇本，雅不背信，辞尚体要。同时，忠实于原作的内容、形式和风格，保持译文的真实性、文学性和文化性，充分展现《格萨尔》史诗所蕴含的文化内容和民族地域特色。在技术上，译文总体上遵守原则性和灵活性相统一的原则，韵散结合，直译与意译相结合，坚持真实性，把握文学性，体现时代性和文化性及民族、地域特色。

当然，《格萨尔》史诗是一门内容丰富的学科，它包罗万象，错综复杂，涉及政治、军事、历史、地理、民俗、宗教、语言（方言、词汇）、文化等各个方面，在研究和翻译过程中也会遇到各种各样的困难。可以说，系统地翻译一整套《格萨尔》史诗丛书，我们没有可供借鉴的有用经验，只能摸着石头过河，慢慢地去研究和探索。对于我们自身而言，整部地翻译《格萨尔》史诗故事，要求译者既要专精，又要博通，而事实上对于每部史诗故事的翻译，又必须经历一个初译、译校、编校、再校的反复过程，一个人很难独立完成全部的工作内容。尽管如此，我们并不回避这些困难，有些时候还将课题组的参与人员集中起来进行统稿和研讨，尽量达成基本统一的意见，诸如《〈格萨尔〉藏译汉项目规范术语》（样本）就是这样反复琢磨出来的。我们付出了艰辛的努力，这项工程基本已经完成了，然而我们却越来越感到翻译工作的艰难，项目开展中有许多问题还值得深入研究和完善解决。即使丛书得以出版，其中依然会存在这样或那样的不足甚至错误，希望广大读者和专家批评指正，以便我们以后有机会进一步修改、补充、完善和提高。

在《〈格萨尔〉艺人桑珠说唱本》汉译丛书即将出版之际，我们衷心感谢自治区党委政府对这项重大文化工程的高度重视以及在财力、物力等方面给予的大力支持和关心。同时，还要感谢自治区社科院几届领导，长期从事《格萨尔》抢救、录音、整理的科研人员的大力支持和辛勤劳动，感谢中国社会科学院民族文学研究所及全国《格萨尔》工作领导小组办公室、西藏大学、自治区档案馆、自治区电视台、布达拉宫管理处、西北民族大学《格萨尔》研究院、青海省文联等相关部门专家学者的鼎力帮助。正是在多部门的专家学者的通力合作下，才如期圆满地完成了这项文化工程。

2015 年 12 月

于拉萨

内容梗概

该部围绕大梵天王之子智美妥嘎，自天界转世为龙和年之子，后来成就吐蕃事业这一主线条，讲述了莲花生大师绞尽脑汁从龙界请来顶珍龙王的小女儿维嘎泽丹，将她寄养在果部热洛顿巴坚赞处；果部热洛顿巴坚赞按照莲花生大师的预言，将维嘎泽丹嫁给岭部僧伦卡玛，自此果岭停止争战、和好如初的故事。

果岭臣民正沉浸在和谐美满、幸福祥和的日子时，果部出现了精通神术、谙熟咒语、诡异多端的异教徒贡巴热杂。他为了挑起内讧，向果部热洛顿巴坚赞进谗言，说果部放生的神牛、年牛和鲁牛都是被岭部偷走的。为此，果部发动战争。果部热洛顿巴坚赞的长子朗杰扎巴率领军队杀死岭部哨兵，冲向岭部军营，将岭部军营杀得一片狼藉。正值岭军死守阵地之时，玛西超同王催促红色马头明王、威色达拉等苯教三百六十诸神向果部投掷恶咒驱魔朵玛，果部上下出现了山体塌方等很多不祥之兆，变身为鸟的贡巴热杂的翅膀和尾部羽毛被火烧毁。岭部勇士阿旦和尼奔达雅等砍下果部达拉赤赞、扎巴旺青和拉赞王子等的头颅。

经过几次你死我活之战，果岭人仰马翻，遭受重创。后来，热洛顿巴坚赞得知自己原来听信了贡巴热杂的谗言。于是，果岭双方数次提议和平解决战事。但因贡巴热杂的各种诡计未能成功，果军继续攻击岭军，两败俱伤。以果部长子朗杰扎巴、次子旦增多杰和恰杰白玛玉郭为首的果军击退达戎部落后兵分三路，趁机绑架达戎超同叔。超同王被绑架后，达戎聂查阿旦等夺回超同王，砍下果子尼玛扎巴的头颅。不久，贡巴热杂的四位徒弟变出一位美女，使计将超同从达戎军营骗走，将其囚禁于牢房中，并恐吓他。超同使计返回岭部。事后，岭部发现回营后的超同为内奸，果部也未能实现“奸细计划”。随后果岭发动了多次战争，两虎相争，玉石俱焚，果部长子朗杰扎巴、总管之子诺布曲杰都在战场上丢了性命。这样果岭打了三年的持久战，除了相互残杀，仇视对敌，也未能分出胜负。最后因人力、财力日渐窘迫，双方放下武器，悔过自新。

莲花生大师为了迎请顶珍龙王的小女儿维嘎泽丹，向龙界投掷了咒食，龙界开始蔓延瘟疫，龙族出现了头痛、四肢麻木、失忆、失明、瘸腿、聋哑等病状。于是，龙王派遣龙子纳卡热杂前往多杰翁西上师处占卜，龙子在羊卓雍措遇见益西拉措姑娘，边搭讪边询问上师居住的地方，很快找到了上师的住处。上师吩咐驱除龙界瘟疫需要邀请莲花生大师。龙子不辞辛苦奔赴印度灵鹫山，邀请莲花生大师，驱逐了龙界瘟疫。

莲花生大师将龙王供赏的龙女维嘎泽丹和酬谢珍宝都交给了果部热洛顿巴坚赞。过了两个多月，莲花生大师预言岭部僧伦卡玛威胁果部，迎娶龙女。同时，他还预言热洛顿巴坚赞将龙女和珍宝全部转交岭部，果岭和好如初。后来，果部热洛顿巴坚赞按照莲花生大师的预言，将龙女和珍宝等财物转交给了岭部僧伦卡玛，并把龙女的名字改为果萨拉姆。僧伦卡玛举行了盛大的迎娶典礼。

从此，果岭和谐共处。

十一

总管虽通过梦兆得知超同今日回来，但并没有安排任何骑兵前去迎接。岭部的哨岗发现有四个骑马的人通过莲谷的黄河上方渡口送回超同，不知何意，只好吹响了几次螺号，岭军未做任何反应，静静待着。超同到岭军大营后，岭部大营安排好茶、酒、肉、酥油、面食等宴席，并吹响海螺，通知岭上中下各部落到会场聚集。所有到会人员围成圆圈安坐就位，超同坐在自己的位置上似笑非笑，强装威严模样。此时，总管心想，今日怎会升起美好的太阳呢？超同是个迎狼入室、不守内密、向亲人挥刀的人，但如果对超同恶语揭露、讽刺谩骂，也许有泄露岭部机密的可能，看来今天应该用柔和的语言面对岭部所有长辈和兄弟，不能下达有所暗示的命令。总管如此想着，给岭营神军们使了个眼色，说道："超同叔叔，您被敌人长时擒住，受苦了吧？有没有挨饿、受冻、暴打？"随后以慢拍长调唱道：

唵嘛呢叭咪吽！

唱首阿拉[1]歌之母，

大恩母亲心纯净，

念念不忘亲儿女，

自己骨肉怎不救；

唱首塔拉献部众，

1　阿拉（塔拉）：在《格萨尔》史诗中，艺人演唱时常常以"鲁塔拉"或"鲁阿拉"等作起音，是开始吟唱史诗时有音无意的衬词，作为唱腔的起音曲已成定格。

千千万万的部落，
同属一域经甘苦；
如果衣食不同享，
上至皑皑雪山顶，
下至大田水地头，
中间自己居住地，
口口相对同说话，
天光大亮共劳作，
苦乐之事互诉说，
同属一部不待言。

供奉佛法僧三宝，
未闻未见不知者，
启示传兆众神鉴！
夜晚梦中的明言，
白天征兆的吉凶，
还有大部客人言，
总集根本业之神，
不恩之心未曾有。
哪有三宝不知的，
父母之恩最无上，
唯有上师皈依处。

祈禀苦乐的长官，
引导来世的上师，
赐予衣食的父母，
称作藏区之三最。
太阳恩惠无比大，
照耀四洲暖万物，
最为南部洲恩人；
唯有三宝我挂心，
天明皈依并祈祷，
夜临诵经积善业，
只为来世罪负轻，
度过此生之根本。
饮食营养之齐备，
穿衣舒暖之齐全，
今生幸福三宝恩。

不知此地是何方，
莲谷黄河渡口地。
未曾想到却命定，
父辈之间的纠纷，
不是外敌是内奸，
獠牙对内不向外，

敌人当做是熟人，
亲友投向敌人口。
若不识君子小人，
布施食物钱财者，
认为守持善行人；
若不识那嗔漫妒，
对那争强好胜者，
认为低贱贪嗔人；
布料好坏看花边，
色泽花纹看不准；
马儿不善走与跑，
毛色俊美无意义，
如是比喻岭各部。

我是远古一罪人，
我在早先几辈时，
在南方天竺佛地，
生为比丘与法师；
上阿里三围区域，
建成岗底斯神山，
中卫藏四翼地方，
建立释迦牟尼像，

下朵康四水六岗，
建立文殊金刚像，
从此保护传佛法，
文殊菩萨赐恩典，
加固资粮加持因，
佛教繁荣赐妙果，
压伏恶鬼和邪魔。

现今世劫之拐点，
某些头戴黄帽师，
吽哌咒声满山沟，
名声享誉大地上，
喇嘛僧众聚寺院，
学僧看谁挣钱多，
喇嘛看谁宝座高，
徒弟看谁有神力，
心思不一鲜分明，
以此比喻岭叔侄。

请听叔叔超同啦，
您今年初春时候，
时运不济坐骑惊，

一不小心摔刺窝，
头血未溅保平安，
蒸蒸日上皆赞颂，
每况愈下皆侮蔑，
荣华富贵人皆敬，
贫穷落后人人辱；
一个男人之身上，
体验富贵和贫穷，
就像上山下坡时，
自然体会难与易；
人生上下半辈子，
好比前后夜里梦；
同父同母的兄弟，
头衔地位各异样，
寿命福气各不同；
一户人家的牲畜，
乳汁斤两皆不等。

如是岭部父辈们，
人占时势总有时，
身处尊位不必赞，
落魄之时不可辱，

不加绰号讽刺人；
男儿谋略有优劣，
骏马辔头有粗细。
如是岭部父老们，
四母长官超同他，
并非对岭没感情，
那外道贡巴热杂，
与四母长官超同，
二人之咒力神变，
好比手心和手背，
所修之法虽相同，
修得成就却不同。

不幸超同时运差，
您被擒往果营时，
是否听到什么话？
遭受恶意暴力吧？
打砸谩骂可受过？
身体遭受多少苦？
身体是否受过伤？
心中肯定悲伤过？
最终果部的君臣，

给您说了些什么？

美丽岭和紫色果，

能否签约或调和？

是否还要做战斗？

没有何事您不知！

恰纳贡巴热杂他，

法力咒语和神术，

是否还要抛岭部？

叔叔千万别在意，

敬请享用盛宴后，

慢慢道来心里话。

听懂则为耳甘露，

不明我会再解释！

听总管唱完，岭部将士们安坐在自己的座位上，兴致勃勃地盯着超同叔叔的脸，心想他会说些什么呢？四母长官超同像登上岩石的长须山羊，又像攀上树梢的猴子，落腮胡须像熊一样抖动，噘着嘴巴，左右窥视，牙齿咬得喳喳发响，身体抖得哆哆嗦嗦，三次唉声叹气后，脸色像天空黑云滚滚骤然笼罩石山，对总管的是非之言根本不作听取。然后，他又大声干咳三下，以金刚跏趺姿端坐红色檀香木宝座上，对岭部长辈们说道："呀！呀！男人的事要看策略优劣，马儿的事要看膘情好坏。常言道：身上若没什么病，不必去请医生看；没有妖魔作祟，不必念经驱邪。听说今年，果部的喇嘛贡巴热杂时运高，我岭部父老兄弟凶多吉少，将难免遇到一些灾难。”说完他便以狂躁草率调唱着他本人被擒去果部并惨遭抽打拷问的经过和情况：

唵嘛呢呗咪吽！
一吽二吽三吽歌，
吽吽咒声击敌人，
哌哌黑咒抛妖魔。
一敬二敬三敬神，
暗红三角宫殿中，
供奉之马头明王[1]，
乃阳神[2]怙神佑神。
因为时时都供奉，
当然时常来怙佑。
第二供世间王母！
雍仲宗的上空中，
供韦赛达拉梅巴！
耶隆扎玛勒钦岩，
供喇嘛次旺仁增！
朗杰康桑修行洞，

1 马头明王：密宗佛教中观音菩萨的六种形象之一，即马头观音。马头明王是观音菩萨的怒相身，多为红色。六观音分别是：圣观音，十一面观音，千手千眼观音，如意轮观音，准提观音，马头观音。
2 阳神：是藏地古老神灵系列中的父系神或男性神，一般认为居于男人右腋窝下，一旦战神与阳神离开躯体，就很容易受到外来伤害。后来，阳神信仰在藏族民间信仰中逐渐衰微，渐渐被护法类战神信仰所取代。

供奉敦巴辛绕尊，
愿我心想事能成！

以往过去岁月中，
天天供养佛神尊，
从未受过身体苦，
由此坚定皈依神。
今年天象之运行，
空中日月星被困，
黑云遮蔽太阳光，
星星前来照大地，
行星运行无自由；
夏日雪花空中飘，
冬天风雨扫大地，
冬夏不分风卷雪，
燥热寒冷痛苦多；
太阳熔化山顶雪，
狮不阔步绿鬃衰，
森林檀木化为碳，
老虎美纹增长难，
湛蓝大海结成冰，
鲸鱼怎能展菱纹！

黑头人丁居住地，
植物颓废叶突变，
父辈之间视如敌，
兄弟挑衅滋事端，
师徒之间失誓言，
比较谁的法力强；
大臣谋篡国王位，
国王计谋大臣财，
心思不一执各见。

截止今天三年间，
上方果部和白岭，
发生战争的原因，
说我达戎挑起的，
都是为了个人事，
这种说法怎可信；
父亲母亲和儿女，
同在一个锅中餐，
心思不一各不同；
国王大臣和属民，
同在故土守城邦，
律法不一各不同；

上师徒弟和僧众，
一个寺院吃斋饭，
宗派各异执己见；
蝌蚪青蛙和鲸鱼，
同是水族住大海，
吃法不同皆相异；
猩猩猴子和野人，
一片森林继父系，
食物各异维生活；
虎豹黑熊和毒蛇，
虽然同住在山谷，
相互为敌思仇杀，
实际情况是这样。

美丽富饶的岭部，
四母长官超同我，
眼睛里的黑珠子，
胸腔里的红血块，
父辈中的大长官；
在岭部人的眼中，
是那祸病的根源，

可爱口齿中蛀虫，
上牙下牙被吃空，
疼痛口水唇边流。

美丽富饶的岭部，
达戎父辈和子孙，
须向岭部做忏悔；
果部具法力上师，
发送神术和恶咒，
想把我名毁干净，
内内外外说很多，
所说内容不明白。
争论不仇是内话，
斗不还手是长辈，
不卖谋略是苯法，
是否如此岭各部！

我是二十九日晚，
深夜被人所擒走，
敌如鼠来没想到，
空中飞来没机会，

地上虫走无自由，
四面如墙不漏风，
每座山口有哨岗，
每条河口有放哨，
四面八方都有岗，
像备好铡刀门内，
我超同美丽寝室，
不知哪里飞来的，
空行四母的穿戴，
头戴五种姓佛冠，
脚踏莲花之法轮，
手持法鼓摇铃铛，
念诵阿字六真言，
看似岭部空行母，
如此年轻四美女，
左右四周之簇拥，
海螺唢呐悦耳鸣，
鼓和锣钹震大地，
疑是天上的神女，
似有预言与先知，
我心散乱生敬仰，

最后被人押着我，
窜出自营去敌营。

在紫色果部军营，
头无帽子蓬垢面，
脚无鞋穿光脚面，
身无衣裳全赤裸，
一片遮布也没有，
一滴水也不让喝，
时而红红火焰烤，
禅修火神未烧死；
时而浸入蓝色水，
未冻缘于修水神；
时而抛掷暴风中，
修习水神未刮走；
雍仲苯教的上师，
修习之时当然在，
此外慈护无一个！
若讲我的受苦史，
活人呆在地狱史，
垂死等待两辈子，

行走万里汉印地，
泡在深水海底中，
如是身体受煎熬，
话一讲起心思乱，
鞭打三昼体鳞伤，
裸身三昼关监衙，
大火之中烤三天，
大水之中浸三天。

死不了的我超同，
肯定对岭无所用，
要不为何不报仇，
为何没人去争斗？
报仇没有顶用人，
神鬼对手也难寻。
头无毛发像雪鸡，
身无衣裳像鱼儿，
无人救济像死者，
灵魂好比游中阴，
再无如此痛苦业，
身体与命似未遇，

最终死亡的边缘，
黑暗监狱之里面，
不得不修黑魔咒，
修习风马能飞翔，
禅修水火风诸神，
贡巴热杂无计施，
果部部署各兵力，
说要吃肉与饮血，
说要活剥我人皮。
贡巴热杂大力者，
催动所有果部人，
脚踢犹如敲打鼓，
耳光扇得像糅皮，
全用豆子抛打我，
要说受苦是这样。

所以岭部诸君臣，
从今以后之时日，
我离此处回故地；
若不占据利地势，
称作军营是空话，

称作英雄是假话。

无法在此军营呆，

明天东方天亮时，

达戎部落的士兵，

所有返回达戎地，

此话没有半点假，

所说话语非水泡，

实践犹如金汁滴。

听懂岭部铭记心，

愿岭众能如是想！

听完，岭部的勇士们不知其义，相互观望。总管戎擦查深思熟虑着，心想看样子超同叔叔已经里外换了人，便什么话也没说，仔细端详了一下达戎长官斯潘的脸。达戎斯潘像一尊腰束三械的战神①[1]，又好比展开火焰般翅膀的一条青龙。他是百位男儿中的顶尖，英雄之中的豪杰。只见斯潘从虎皮毡上站起，双手高举一条洁白的哈达敬献给戎擦查根后，说道："呀呀，叫父辈也是总管，叫爷爷还是总管，称神佛仍是总管，总管之上没有第二人，四母超同是我的骨肉之父；僧伦卡玛[2]是白岭部的父王，是军队的谋略者，也是悉补野[3]藏人的生命树；戎擦查根是佛法之顶髻，没有人不听从他的命令。如果父王超同想返回家园，我也不敢反对，不管怎样，男儿长大继承父业，

1　战神：意为御敌之神，原指专门保护藏地男人的一类神灵。每个男人都有自己的战神与阳神，战神居于男人的右肩，阳神居于男人的右腋。《格萨尔》史诗中的战神特指岭骑士的个人保护神。

2　僧伦卡玛：格萨尔及其兄长嘉查的父亲名。

3　悉补野：原指吐蕃的自称，在《格萨尔》史诗中代指传统意义上的卫藏地区。

骏马长成夺取锦标是天经地义的事情。但是在鹿和野驴畅游的草山上，它们虽同吃草长大，体格却有强弱之别。湛蓝的天空，青龙雷鸣，必定要降下冰雹；半空中寒风呼啸，经幡必定在山岗上飘摇；蔚蓝的大海，碧波荡漾，鱼儿必然飞跃；兵马齐聚的战场，英雄自然脱颖而出。达戎军中最著名的军官就是我斯潘，是上界天神选定，又是民众选举任命，我们为何坐以待毙呢！”说完，斯潘便以虎啸怒吼调唱道：

唵嘛呢叭咪吽！
唱首阿拉河流歌，
唱那金鱼恋家园，
唱那羽翼丰满时，
唱它畅游海底时，
金鱼长大出头日，
有无漩涡没关系。
在那洁白雪山顶，
犹如长狮之军官，
唱首绿鬃飘扬歌，
唱首雄踞雪峰歌，
再唱众兽恐怖歌。
塔拉极乐清净歌，
获得安乐身之地，
除却众生烦恼歌。
积聚财富父城中，

唱首儿辈凭依歌。
神圣佛祖法宫中，
唱首佛法永盛歌。
长官执掌律法殿，
分辨是非皂白时，
唱首律法公正歌。
岭部运筹大计日，
父辈思路和战略，
唱首谋略护地歌。
勇士腰束三械日，
迎战敌寇交锋日，
浩气炽燃英雄歌。

装备马鞍辔头日，
如果不能夺锦标，
长年饲养是白费；
掌管饮食的婶嫂，
乍暖还寒的春天，
若未备丰盛食物，
整天忙碌灶火边，
蓬头垢面无济事；

佩戴珊瑚之少女，
盛装出行炫富裕，
若非去往婆家门，
泪水洗面真羞愧。

如是岭部军官们，
这美丽富饶岭部，
好比天神聚集地，
清清河流皆甘露，
漫山遍野皆药草，
草木芳香花卉药，
世无此地更富幸；
在这南瞻部洲[1]地，
上有印度文明国，
建立佛法赐妙果；
下有中原法制国，
善恶分明治天下，
没有此地更幸福；
冬夏不均各不同，
夏天炎热身消瘦，

1 南瞻部洲：在佛教宇宙观中，同一日月下的天下为一个小世界，以须弥山为中心，东有东胜神州、西为西牛贺洲、南有南瞻部洲、北为北俱芦洲。

冬未刮风直哆嗦，
思考此业无意义。

这美丽幸福岭部，
是南部洲的顶极，
见者皆喜的圣地，
上方阿里之三围，
玛旁神湖岗底山，
邬金莲师的圣地，
尤为藏人的首神，
加持如雨降落地；
中间卫藏之四翼，
六谷[1]庄稼成熟地，
黑白牲畜繁衍地；
下方朵康六山岗，
牲畜药材齐聚地；
这幸福美丽故乡，
如果沦陷敌人手，
上师无地传佛法，
佛教善法无法兴，

1 六谷：藏族民间认为人类种植六种谷物，即：青稞、小麦、豆类、芝麻、荞麦和油菜。另一种说法是：青稞、小麦、豆类、荞麦、白芥子和铃铛麦。

众生无缘得幸福，
佛法无法兴神界，
因此严守自家园，
上师恪守各戒律，
修行获恆好地方，
加持妙果盛兴地，
成就宝贝之宝藏，
诸事如愿齐聚地，
怎能无辜给敌人！

由是岭部父辈们，
如莲盛开拓事业，
去年前年和今年，
果岭两部的战争，
不应有却已发生，
发动战争的恶人，
是恰纳贡巴热杂，
他以恶咒为根本，
掌控天上日月星，
伸手摘取天上星，
水土风火五大种，

宛如囚禁他手心。
转动幻化之轮人，
有时化为罗睺曜，
阻挡日月星运转，
焚烧岩石燃河水，
空中储水地变海，
山川化为冲沟地，
山岗盆地化齑粉，
上界天神中污煞，
地下龙族传瘟疫，
驭使中间年族众，
世上无事不敢为，
破坏上师的法戒，
背誓魔鬼主寺庙，
拆毁佛法传授场，
作孽大恶兴暗洲，
不知中阴地狱路；
无辜侵夺善王权，
不能区分真与假，
不晓苦乐与善恶，
虽窃长辈的智慧，

谋略主张却没有，
不能持家守父业，
怂恿男儿谋暴乱，
不识干戈挥刀剑，
不分里外和敌我，
偷盗粮食和财物，
是恶没有不敢为，
世上恶魔还有谁？

果岭两部一时间，
争吵之事比毛细，
闹得满山满谷扬，
神牛鲁牛和年牛，
热洛顿巴放生牛，
现今仍在果部地，
传言岭人已偷窃，
尤其恶言与罪名，
强加达戎我部族，
但是事情的真相，
圣佛眼里如明镜，
业之善恶自然知，

最终时机成熟时，
三宝之前无欺瞒。
恩重父母无坏心，
美丽雪山融化后，
山峰本体不会变；
大海干枯到海底，
山谷之形不会变，
依然遵守业因果！

对于紫色果地方，
岭部虽无侵吞意，
搅乱者贡巴热杂，
制服其人却很难！
因此岭部的上师，
历算占卜修法师，
时刻皈敬本尊佛，
不分昼夜习近修，
征得预言与先知。
紫色果部的男儿，
武艺虽然再高强，
是死是活都要战，

如果低头做投降，
不能算做是好汉；
甜言蜜语动听言，
无法分辨真和伪；
整天懒惰呆坐者，
无法翻越高峰山；
善恶不积呆坐者，
无法超度中阴路。
所以英勇配三械，
勤奋练习养骏马，
精制兵器新刀枪，
准备盔甲与弓箭，
无论如何去作战。

在这三年时间内，
会有胜负之结果，
虽不可思有业定，
果岭战争的主谋，
是果部贡巴热杂。
紫色果部的父辈，
处于无知昏暗洲，

不知上下与头尾，
和人事里外关系；
不知叔伯与亲戚，
不知自家亲兄弟；
是非好坏与盟友，
真假感情不知道，
实在让人无策啊！
那么达戎超同啦，
尽快返回岭部落，
在那黑白花地方，
守护杂玛央康地，
以及颇若宁宗城，
派遣百兵护卫您，
三年近修本尊佛，
期间生命无灾祸，
运气时势要如愿，
还要名声不降低，
如需佛苯各种神，
一如既往供养之，
有何心愿祈祷佛，
不要放弃常念修，

许能胜贡巴热杂。

若是心中请铭记！

是否听懂岭部众，

愿能记在你心间！

唱完，斯潘笑眯眯地坐在虎垫上。上至总管，下至牧马人，中间包括勇士、父辈、兄弟等都当场向斯潘表示赞同。

超同像喝醉的黑雕耷拉着耳朵，上半边脸黑云密布、下半边脸暴风骤雨似的，脸色红彤彤，落腮胡须纷纷乱，犹如树上的猴子，怒睁着眼犹如星光闪闪，嚷嚷道："说让我一个人在家乡守护藏身洞，那就像常言所说，一个小偷去找藏身洞，谁去寻找衣食物？一位长官去找藏身洞，律法之官谁来做？一位活佛去钻藏身洞，谁来主持佛法会？因此，我看去守藏身洞没必要，还不如利用悲心与加持让贡巴热杂立下今后永不变心的盟约，在盟约之上建立佛法，然后再放上保证物，保证物上立下性命之约，之后将不会变心。"说完超同默默心想，岭部最初之时，那位出气的人尸总管想把天空当衣穿，想把大地当毡垫，想把须弥山当腰带，统一阿里三围、卫藏四翼和朵康六岗，甚至还想统治天竺、汉地、尼婆罗、拉达克、于阗和北方朱古等。但现在，从咒力、神通各方面看，除了恰纳贡巴热杂之外，没有更厉害的人了。俗语讲，百位男儿向东时愚人却向西，百位姑娘出嫁时妓女烂在家中垫，僧众聚集法会时背誓魔只能去边地。显示无能姿态，像一个老乞丐抠鼻屎呆坐的话，没有人会认为是对的。

想了一会，超同又讲道："呀，是个男人去打仗，是个女人爱打扮，是匹骏马赛脚速，是个箭手炫箭技，锋利之矛竞矛尖，若有大力去抛石，若有智慧去谋划，若懂佛法去修行。我超同想干什么是我的自由，没必要听你们的唠叨。至于岭部男儿，时刻需要勤奋习武，赛马挽弓，我同意斯潘的意见。上岭赛巴八大部落、中岭文布六部落、下岭穆江四部、噶巴仁青六部落和丹玛[1]十二万户，虽然在岭部名气大，但没有一个有用的勇士，都是狗头士。但据说在噶智两地中，智部长官力大无穷，双手能举起山峰；在丹地部落中，有几位能射下日月的弓箭手。现在真的到了用人之际，盾来要对，箭来要挡，开战信号都已发出，若不把对策计谋都使上，怎么称得上是岭部呢？”超同居心不良地煽动岭部，然后返回到自己的座位。

所有岭部勇士、兄弟未予理睬。上岭赛巴八大部落之首领赛巴阿琪尼玛站出来讲道：“好好，我也同意达戎斯潘的建议，超同叔叔应该返回上岭营。此外，所有作战士兵，包括饲养战马系肚带的、身系三械兵器的、带领军队的各个部落军官，我想都已经听到了，要坚守达戎地区！”超同听完赛巴阿琪尼玛的话很不高兴，一直不理不睬，三天没说话。三天过后，超同心想：岭部的兄弟勇士有点轻视他，但现在自己不是贡巴热杂的对手，只好在城堡中安坐修行，修好恶咒后再看看贡巴热杂与我谁更厉害。于是，他按照红色马头明王的指引，在故乡黑白黄土建立的杂玛央卡地方的颇若宁宗堡中誓修马头明王。恰纳贡巴热杂获悉超同在修行后，以火风大种、太阳光束和天雷击打颇若宁宗，但超同因有马头明王、韦赛达拉美巴和雍仲苯祖师等神灵的保护，没有受到任何伤害。岭部军营则因有着达奔和德庆上师等的护佑和莲师八名相的守卫，也安然无恙、平安无事。

1　丹玛：格萨尔手下最为忠心不二、智勇双全的人物之一。他的光荣业绩伴随着格萨尔一生，对其称谓也随着《格萨尔》故事的进展与其本人特征的显现而有所变化。这些不同的称谓有擦香•丹玛强查、丹玛玉杰托桂、丹玛赤杰桑珠等。

十二

一日，阿琼王、其兄南杰扎巴，还有果部十八部落之十八将领，在扎西大塘仁莫集会场围坐。突然，恰纳贡巴热杂附于阿琼王之身，使阿琼王尼玛扎巴随即发疯变狂，变得狂暴残忍，口无遮拦，义无反顾，心中虐生起要头戴天空、腰围山峰、大地为席的想法，他还降下威严令诏，不许任何人说不行或不敢，必须整备精锐部队、优良武器，并饲养好战马，若不进攻岭营，比死去还可怜。阿琼王之言如上师说，如长官令，为激发士气，他接着用江河自流之调唱了一首排兵领军之歌：

唵嘛呢叭咪吽！
唱首微风三起歌，
风卷北方大沙漠，
沙如潮水涌山地；
微风吹拂绿草地，
田间麦浪如波涛；
急风劲吹呼啸行，
房顶经幡如雷声。
敬一敬二三首歌，
玛沁雪山中心殿，

敬战神达桑嘎雅；
玛域东面神山上，
敬玛多十三赞神，
敬玛盖九座山峰，
敬玛麦赤脸魔女，
魔女山的山谷里，
向自主五大种者，
敬恰纳贡巴热杂，
愿我心想事皆成！
根本全知上师尊，
大恩父母之心愿，
尚有短短的宝剑，
唱首三者相近歌。

不知此地是何方，
是玛域广袤山谷，
十八部落的故土，
是扎西大塘仁莫，
紫色果部的领地，
岭部觊觎的地方，
强盗小偷横行地，

商人贪谋长官位，
不知法网牢狱灾。

不知我是何许人，
头顶长官之宝冠，
下属百姓所拥戴，
敬信之中生和平；
年龄十三岁之前，
封为果部的首领，
称阿琼玉杰达玛，
十八部落的长官，
扶助贫弱救护者，
强暴凶徒镇压者，
辨别是非曲直者。
自从封为长官后，
从未产生过不是，
不行不妥的想法；
没有一个不纳入，
果部法令的范围。

去年前年与今年，

两部争战十九次，
现在怎能停战事，
四母超同放归岭，
是件令人后悔事，
又让人们不安宁。
最初说是上师令，
后面又说热洛令，
于是未杀放归去。
传言超同在岭部，
正为此事在修咒。
听说扎玛央卡地，
颇若宁宗城堡内，
三百苯神在围绕，
守门神达拉梅巴，
主神红色马头王，
雍仲苯教各路神，
以及喇嘛等僧人，
供养诸神绕超同。

贡巴热杂用神力，
熊熊烈火烧石山，

超同未能被烧死；
又降霹雳与暴雨，
超同也未被打碎；
又用耀眼的阳光，
烧烤超同也未焦；
引领狂风和海水，
风火山顶密密集，
超同视如耳边风。
他们根本之谋略，
那达戎部的军官，
斯潘毒树早开启，
戎擦查根更锋利。
岭部驻地之军营，
无数岭部神环绕，
内外九堵墙围绕，
完全没有逃脱地。

上师心思莫混乱，
如果英雄不出征，
再好法术不顶用，
快速传唤人和神，

迅速装备等命令，
前往岭部驻扎地，
便把岭部小军营，
撕成四块掷四方，
一将黄河灌满尸，
二将草原堆满尸，
未做别称果部人。
从今三天之日内，
从各自的军队中，
分出一队一百兵，
令此二十五个队，
截断黄河之渡口，
百名先锋队之前，
派名将领去领军，
捣毁岭部凯旋归，
活捉总管擒回果！
僧伦儿和赛巴儿，
文布的嘉巴赤赞，
穆巴的拉嘎达雅，
这些将领抓回牢，
打败敌人统治岭，

胜利属于我果部。
今后九天时间内，
要如群鹰夺鲜肉，
犹如鸟群落水面，
迅驰急奔上前线！

听懂则为耳甘露，
否则不会再吟唱，
国王号令不可违，
石落山崖无可逆，
愿在座者记在心！

听罢，大家无言可发。兄长南杰扎巴心想：“年初说果岭不再打仗，因为之前的战斗令他后悔，是件毫无意义、伤害生灵的事情，说是父辈之间的内讧。现在果部这位大王，一张口中有两个舌头，犹如背誓魔修上师法，不该供赞做供赞，有何意义。他的这三种做法，暴力遮掩果部，强令驭使果部，果部将内外失调、叔辈兄弟白白死去，一切都毫无意义。”想到这里，他便用手托着脸颊，等其他人说点什么，等了许久也不见有人发言，又想若不再说点什么就不好了，便开口道：“呀！果岭开战至今未分出胜负，要么将果氏姑娘嫁于岭部，要么迎娶岭部美女。父辈间的斗争，只是地位高低之争，财宝饮食之争，百姓和律法之争。若某人是神的化身，他人也非鬼的化身。果部的热洛顿巴坚赞和岭部的嘉洛顿巴坚赞，都持顿巴坚赞之名，没有差别。总管戎擦查根是毗卢遮那的化身，大智慧者，犹如胸藏太阳。世界就在他的手心中。之前果岭是一家，现在果岭变成了两家，就是从前年开始的事。正如俗语说：引发是非的是舌头，搅乱两地的是盗匪，令夫妻不和的是奸夫。若没有这些，什么事情会引发纠纷呢！前些天说果岭两部要签停战协议，而且在十五天之内完成。但是，现在突然又要打仗，这会在众人面前丢失脸面，该如何解释？这就如同疯子醉了酒，娼妓发寒病。大家有不同的思考，会唱不同的歌曲，若勇者不想前来，豪言怯语掺合说，时藏时逃或战斗，只为保全己性命。现在就到这个时候了，是参战还是逃跑？一辈子打仗有何用，让一晚上睡不好的是床榻高低不平，令一辈子睡不安的就是战争。还有什么需要多说的？说话没有定准，举止没有规范，长官没有羞耻，惹属民怒，这是瓦解部落的先兆。是否正确，请三思！”说完，南杰扎巴摆出极不乐意的样子。

听完，贡巴热杂显出原身，来到会场，傲慢、愤怒得像沸腾的毒水，说道："呀！你们所说的秘密言论我会不知道吗，阿琼王如何讲的我心里很清楚，若要反对，你们也知道这里无人能与我的咒术匹敌，若是再反抗的话，我会施行比以前更为厉害的咒术。”意欲强行让果部派兵三千去攻打岭部。

贡巴热杂来到莲谷滩的准头神山扎西央郭山顶，让三千大军分为三部，从东、南、西三面进攻。岭部的长辈英雄们急忙腰束三械、牵马备鞍、披甲执矛，如围墙般做好防守。从东方太阳升起的方向，萨堆绰玛那布带领一千骑兵，身穿黑甲，披持三械，如青松，又似醉血老虎，更如黑色旋风，气势汹汹地冲向赛巴营地。赛巴阿琪尼玛骑着吉祥黄铜风翅宝马，黄人黄马犹如南来飞舞的云彩，又像太阳照在山顶一般，非常轻松地来到他的身边，面带微笑，手无兵器，静待其言。萨堆绰玛极度傲慢，犹如毒水沸腾一般，从右侧野牦牛皮制的箭套中取出吉祥千条皮绳为弦的铁制大弯弓，从左侧箭筒中取出黑铁电火箭，放在弦上后，说道：“呀！你这黄衣黄马慢来者，还不知道死到临头了吗？近前听我有话说。”然后用霹雳卷风调唱了一首夸耀铁箭之歌：

唵嘛呢叭咪吽！
唱三声耶儿之歌，
第三耶儿唱天空，
在那广袤云彩中，
向龙神似的勇士，
有句话儿想要说，
箭出弦间闪红雷，
摧毁千层金刚岩，
粗暴好比滚烫水，
再好工匠无法锻；
人到耄耋两鬓霜，
身患绝症奄息日，
神医神药难救命；
山体崩塌滚落石，
再壮臂膀也无法；
江河汹涌浪翻腾，
坚实桥梁也难奈。

勇猛果部的勇士，
大臂武士千军马，
猛士身后有援军，

乌云翻滚有暴雨，
闪电霹雳降冰雹，
此为果军之气焰；
太阳融化雪山日，
江河涨潮水泛滥，
滚石塌岩满山谷；
南谷皆被火海袭，
狂风劲吹助火势，
大山将被焚烧时，
青山变炭乐呵呵。
勇士显威士气生，
带领左右两翼军，
直奔岭部敌人前，
黄人黄马断去路，
失策失营之时日，
悠闲装腔无济事，
是否想过岭黄儿！

不知我是何许人，
果地亚达鞑洛部，
万人大军之先锋，

第三军队的统帅，

都叫我萨堆绰玛，

父系宛如罗睺罗，

赞和泰让[1]的后代，

母系魔鬼食肉女，

龙神措美的后代，

冬夏食肉从不断，

弓箭寸步不离身，

所有生物为食物，

母系魔女很野蛮，

不分善恶肆无忌，

自从母胎出生日，

杀敌之心如风急，

未曾想过会死掉，

遇到旗鼓平等手，

从未想过逃跑路，

同等战马比速度，

好比悬崖落滚石，

从未担心破头颅，

今日太阳落山前，

1 泰让：在藏地传说中类似于精灵，善铸刀剑，喜掷骰子。泰让可分为天泰、中泰、地泰三种。

此事享誉两部落，
流芳千古传四方。

勇士腰束三械日，
若无勇气获战绩，
三械宛如山坡刺。
喂没肉没血的人，
你的灵魂出窍了？
否则面对诸英雄，
谁能如此镇定呢？
要么你是起尸鬼，
要么你是蠢畜牲，
要么你是彩虹身，
要不迎战英雄时，
为何阻挡我杀路？
你黄人悠闲无聊，
日久没有好日子，
英雄赴汤蹈火时，
若遇暴风用手抓，
抽刀断水越江河，
巍峨大山用脚量，

是否听懂黄马人。

尚有一些衷肠语，
说今年元月初七，
超同铁体形成日，
快似凉风追赶者，
恶似阎罗无对手，
身示空性体如虹，
恶咒法术无匹敌，
高傲自大轻视人，
一日擒回果部落，
体无遮衣脚无鞋，
没有食物如饿鬼，
就像送往尸林尸，
落到如此可怜地，
疑是报因似是果。
死前那天学狗叫，
果部窃听超同话，
送衣赠鞋如贵宾，
端茶盛饭施给日，
又向果部百万军，

哭笑泄露岭计谋，
出谋化策为果胜，
最后商议果岭合，
立下誓言至来世，
达拉美巴为证神，
安放守信之保证，
保证生命来偿还。
于是在贡巴热杂，
果部三万大军前，
亲自立书盖手印，
说他全部已说清，
央求果部放他走，
如果超同归岭后，
一切事情速报告。

食言岭军尸兵马，
贪婪比那天铁猛，
如果心想事皆成，
如同所思无限制，
如同脚下路宽广，
一切食物为神食，

你们不做无一件！

昨日说好十天内，

说好果岭立合约，

但是岭部不守信，

每座山岗派哨兵，

每条沟里派侦察，

每条河边派执勤，

里外设岗密不透，

说是战斗比勇气，

不用你来我去斗，

面对壮士挡来路，

从今果岭变为敌，

一切责任为超同。

前面黄人炫耀者，

动动手上的兵器，

不要走神对首歌，

谁是汉子看今日，

是否正确铭记心，

听懂就为耳甘糖，

不懂不会再吟咏，

望你黄人记心间！

萨堆绰玛唱完便开始准备射箭，赛巴阿琪尼玛在“吉祥黄铜”坐骑上略微倾身后，说道：“呀，请听好！春天温暖日长，有忙碌和休闲的时间；在漫长的人生中，有说话和听闻的空闲；在翻过饥荒山头的年代，有吃饭和储存的时间；在草原上赛马的日子，有慢跑与急驰的时间；在英雄相遇的战场，有交战和逃跑的时间。不要太急躁了！急躁没什么好处！山顶经幡激扬，是想长弃风中；大城少女急躁，是想落入闲话；寺庙上师浮躁，是失去戒律的先兆；部落长官暴躁，是权位降低的预兆；勇士急于交战，是像狐狸一般逃跑，要不为什么如此焦躁呢！”说完以狮子怒吼调唱道：

唵嘛呢呗咪吽！

阿拉歌声来供奉，

不用歌声供诸神，

没法露着头顶走；

唱首塔拉祈福歌，

不用塔拉供上师，

来世谁来保佑我；

长歌供献极乐土，

溪水不断归大河，

百川若不纳入海，

溪水川流河不断；

山地起伏漫天边，

若不走到路尽头，

绵延山峦无止境；

上师讲经数天日，

若不救渡地狱众，

无法获得修行果，

如日长官宣诏令，

若不分辨真假业，

官话永远无休止。

饕餮盛宴度春日，

春天阳光明媚时，

享用豪餐是惯俗，

如此长歌来讲话，

敬一敬二敬三次，

皈依三宝三根本，

敬请专注向佛法。

祈请供奉祭三宝；

头顶极乐之宫殿，

供奉根本上师尊；

空界佛法之宫殿，

敬请释迦牟尼鉴；

右肩宝座之上面，

无数勇士排成行，
勇猛威力助我臂；
左肩宝座的上面，
静坐五方空行母，
敬请预言请明鉴！

不知此地是何方，
东岭部落的故乡，
子承父业的地方，
无故生气的地方，
其实公鹿食草地，
黑雕有何嫉妒呢？
野驴常驻湿草地，
南谷毛驴想攀比；
黑雕展翅翱翔地，
乌鸦攀比要为敌；
金鱼畅游的海洋，
老蛙骄横不要脸；
春天日长有走法，
路途遥远讲节奏；
男人稳重要沉着，

山顶急躁的经幡，
没有寒风怎来急？
山顶暴躁的野狼，
肚子不饿有何急？
寺院焦躁的僧人，
缺少庙财在忙碌；
部落浮躁的长官，
不为利益有何急？
北方逃窜的小偷，
若无追兵如何急；
急于征战的叔叔，
害怕输掉自领土；
东方大城的下方，
年轻焦躁的姑娘，
是为出嫁在急躁。

满地凹凸砂石路，
备鞍马儿急奔驰，
瘦骨嶙峋怎么跑？
流汗不知上下坡，
若未登上高岗地，

四蹄急驰不能停，
驻地军营的右边，
天上云朵相混淆，
恶鸟急飞上天空，
不知羽毛被风斩。
贡巴热杂也在急，
果部青年不用说，
杀向岭部的军营，
每人骑着一匹马，
疾驰奔往勇士前，
是预兆中的急躁，
实现前世的祈愿，
贯彻法王的命令，
是想脑浆洒天地，
灵魂急寻新归宿，
要不为何这么急？
冲锋陷阵队伍里，
挥动兵器的勇士，
不是想展其六艺，
而是身心哆嗦急；
身心哆嗦的勇士，

我不向你射长箭。

美丽岭部的地方，
上岭赛巴八部落，
我阿琪尼玛扎巴，
是八万将士军官，
想干何事任由我，
像你贪婪年轻人，
尚未自立不自主，
要当头领很艰难；
父系虽然很富有，
一碗饭都不布施，
管理财食很艰难；
斗志昂扬军队边，
挥刀舞箭的男儿，
面对敌人迎战时，
没有说完三句话，
箭如雨点满天飞，
想在今天傍晚前，
是想拜见阎王爷；
若我说话不算数，

称我英雄是空话。

萨堆绰玛黑汉子，
昏然准备去地狱！
我手中这把宝剑，
说由陨石炼成之，
不是人为锻造的，
阿修罗的神宝剑，
想砍哪儿就砍哪，
闪亮举上头顶时，
就算鬼魔斩头颅，
请护刀刃天上神，
刀尖天神来护佑，
刀身年神来护佑，
刀柄鲁神[1]来护佑，
刀刃战神来护佑，
刀背护法来护佑；
今天此刀要砍你，
若有遗言请讲说。

1　鲁神：在通常情况下，“鲁神”指“龙神”。

抬头遥望碧蓝天，

只有今天看到天，

低头端详灰土地，

只有今天看到地，

若有眼睛看好戏，

若有洁心请思虑，

听懂萨堆记在心，

不懂不会再解释，

请看头顶百会箭！

唱完，阿琪挥刀向前，同时对方也射出了箭。箭虽然射碎了赛巴阿琪的护心镜，但因阿琪佩戴了上师、本尊和护法神的各种修行物，未受到任何伤害，不过箭力过猛，阿琪差点落下马去。之后，阿琪向对手砍了一刀，没有伤到他，第二次再砍下去，也没能伤着他身体。于是，赛巴阿琪祈祷三宝，借助玛杰奔热护佑刀口的神力，再次用力向他砍去，犹如割断芜菁一样斩断了他的头颅。萨堆摔下马去，阿琪摘走了他的盔旗。岭部将士无不欢呼雀跃，“咯嗦”[1]欢呼声震天响地。此时，达拉本图冲上前来，异常气愤地向阿琪连砍数刀，但皆未得逞，而岭部的达拉赤赞扎布趁机挥刀将达拉本图砍成两半。两翼辅将领同时被消灭，果部将士看到此情景，无法忍受，像百只绵羊母子相遇一样，纷纷攘攘向岭军冲去，刀剑声、射箭声、矛刺声混成一片。经过一顿茶的时间，果部战死了约一百人，岭部约一百人，果部似乎占了上风。岭部吹响撤退的号角，可是，在撤退途中，又被果部杀死了三十人。见到此景，赛巴拉乌达杰义愤填膺，抽出宝刀，骑着“乳白色金翅飞鹏”马，

1　咯嗦：祭神时所发出的召请神及为神助威的一种高亢呼声。

左冲右突奋勇杀敌，杀死果部五十人。岭军继续前往文布渡口，辛堆那布、龙马确旦、妥拉本图扎巴三人领军从南方袭来，文布嘉巴赤赞、拉乌达杰、妥拉赞普三人上前迎敌。妥拉本图骑着戴金色面具的黄铜色骏马，踩蹬策马，手持长矛，拦住文布嘉巴赤赞唱道：

唵嘛呢叭咪吽！
阿拉蓝天空性歌，
唱首空性彩虹歌，
肉眼看清空中歌，
霹雳冰雹青龙歌，
闪着火翼驾风云，
呼啸之声震满空；
音域顿挫大地歌，
风儿击碎抑扬音，
尘土填满盆地沟；
潺潺流水暴涨歌，
想把山谷变沙漠。
霹雳冰雹降落歌，
林中老虎怒吼歌，
蒸好人肉之日唱；
火红炽热火焰歌，
山林变碳之日唱；
山上滚石滚落歌，

勇士发威滚石歌；
供奉赞颂果部神，
天空乌云密布处，
楚拉美巴赞之神，
十万赞众相簇拥，
请助威猛之勇士！

不知此地是何方？
赭色黄河之渡口，
莲花山的山下方；
不知我是何许人？
我乃云中之玉龙，
火翼铁水之主人，
将把山峰推平地；
皑皑雪山太阳融，
大海翻滚之根本，
将想大地变河床；
炽热火红的火舌，
微风吹拂燃火焰，
将把林山变为碳；
难拒暴风空中袭，

想将大地变突起；

迅猛老虎山林啸，

炫耀虎纹食人马，

想吞鲜肉饮鲜血；

海底遨游之鳄鱼，

夸耀背纹游大海，

一口想吞鱼和蛙；

勇猛果部之将士，

叫妥拉本图扎巴，

部落军队之将领，

军中排名第二位，

战场英勇第一士，

出谋划策大计者，

掌握战争适合度。

头上此顶白色盔，

大鹏鸟羽随风吹，

不遮天空未曾想；

冰凉天铁金刚眷，

不离火水风三种，

身上穿的铠甲城，

十万泰让之魂铁，
十万生铁之堡垒，
青锋武器刺不透；
右边系挂虎皮囊，
叫扎雅古智宁宗，
九种毛色之母虎，
虎斑清晰又美丽；
善飞风中之铁箭，
暴风雷霆之对手，
一箭日月落大地；
左边佩戴豹皮囊，
九环相连斑纹丽；
这张凶猛老虎弓，
内外各是白黄藤，
中嵌犏牛三层角，
弓弦野牛皮拧成，
长寿罗刹之脊椎。

是否如此请三思，
今天将你心血泼，
若未做到非英雄，

听懂记在耳当中，

不懂不会再解释，

希望岭丑记在心！

歌声未落，妥拉本图便挽弓射箭。挽弓声像暴雷震空，射中了嘉巴赤赞的护心镜，护心镜碎成了四瓣。但因嘉巴赤赞身上佩戴着上师的袈裟、战神护身结、成就女王的长寿丸等圣物，未被伤及性命，不过因箭力冲击，整个人似酒醉摇晃了一下，差点坠落地上。稍过一会儿，嘉巴赤赞在头顶舞动长矛说道："呀！你这贪婪的说疯话者，你我谁是勇士，今天见分晓！"说罢，将刀环套在拇指上，稍做等待。对方举刀绕顶，急袭而来。双方经过几次会战，均没能分出胜负。于是，妥拉本图掏出"闪电套索"向嘉巴赤赞抛来，嘉巴赤赞挥刀砍断。然后两人收刀入鞘，进行了十二次肉搏，也没能分出胜负。再一次搏斗时，因本图力大，将嘉巴赤赞举过头顶，准备猛摔于地，这时嘉巴赤赞的辅将达拉多杰从本图背部捅上一刀，血溅一地，杀死了本图。

"呀！岭部狐辈乃世间大丑，真是无耻！怎能如此！"南拉托赞美巴边说边挥刀奔向达拉，一刀将达拉杀死。之后，约一顿茶饮时间，双方混战，不分胜负。期间嘉巴赤赞在果部兵阵中来回奔袭，杀死果部五十士兵，刀口凝固一指厚的血精。果部嘎玛达杰抽出"金刚火焰食肉饮血"宝刀，说道："呀！你等胆小野蛮贪婪之人，且听我唱首歌！"便以微风吹拂调唱道：

唵嘛呢呗咪吽！

每当天空起暴风，

风尘好比启明星，

各军随风追亮光，

北方高耸之沙山，

风儿随意携带走，
此地宜唱暴风歌。
耿嘎宁宗雪山中，
赞神食肉米玛鉴；
雪山腰间拉孜堡，
饮血红脸女神鉴；
山底曲隆贡玛滩，
泽蚌龙女朗达鉴，
助我士气辅我军，
打击岭部各敌军！

不知此地是何方，
赭色黄河之渡口，
莲谷纳扎之上方，
驻扎军营之中间，
勇士显耀六艺地，
懦夫疯病发作地，
鲜血流成渠水地，
遍地尸体摆满地。
不知我是何许人，
果部达谷和玉谷，

父亲称扎巴伦珠，
我名叫嘎玛达杰，
福寿权力与天齐，
六艺威猛如雄虎，
果部父氏九部中，
抗击凶猛敌人者，
拯救疾苦贫民者。

果有三十兴旺部，
牛羊财宝如繁星，
数不胜数无法计，
唯有玉谷能珍藏。
威猛大臂抗敌时，
如你勇士来挡路，
即便勇猛长性命，
彪悍英儿死敌手，
翘尾猛狗被石砸。
如是岭部之小伙，
今晨你等十三士，
并肩齐步持刀剑，
四方涌向本图将，

好比公狼被狗围；
饿狼追赶绵羊时，
嘈杂之声满山谷，
最终山川鲜血染，
岭营将被果军毁，
不分年龄三械围，
宛如虱子满身跑，
披头之发空中飘，
是否如此可怜儿！

男儿好比昴宿星，
东方升起西方落，
时辰季节星宿分，
罗睺罗也无躲路，
即使云雾遮不住。
今天上午之时分，
手中这把锋刃刀，
三千世界饮血刀，
挥刀上方天神佑，
挥刀中间年神护，
挥刀下方鲁神护，

锋刃格佐年神护。

快来快来男子汉，

若你逃出三步路，

将像小狗甩出去；

若我退后三步路，

就像狐狸鼻碰地。

听懂铭记在心中，

不懂不会再解释。

唱完，嘎玛达杰举起火焰般的宝刀挥向天空，冲向文布嘉巴赤赞。嘉巴赤赞说道：“呀！正如俗话说的，上午若长奔跑，下午无法安坐。不要太激动，男子汉！有谚语说，如果狼崽不知跑，小心抛石打头血；如果盗匪不知跑，小心长官律惩罚；如果马儿不量力，小心路途四蹄痛。如果年轻人你太骄横，我老人也将无法容忍。”说完便唱了一首刀赞短歌：

唵嘛呢叭咪吽！

阿拉唱首慈悲歌，

塔拉诠释极乐界。

岭部阿拉塔拉歌，

是我故乡之方音，

敬请释迦牟尼鉴，

乃是藏地之大事，

又是佛事利众生，

助我打击各路敌！
头顶日月之垫上，
祈请大悲大海佛[1]！
在我心房之法轮，
静驻莲花生大师！
在我身体五关节，
静驻五方如来佛！

不知此地是何方，
美丽岭部太阳照，
大恩温暖滋养地，
神圣上师驻锡地，
佛法加持自生地，
区分善恶正邪地；
恶魔背誓邪见者，
最终降伏治服地。
岭部父辈如须弥，
白雪皑皑之雪山，
雄狮绿鬃飘扬地，
享誉美名传四方，

1 大海佛：观世音菩萨的称号之一。

财食花树诞生地，
好比极乐之世界。

你会肯定认识我，
天上二十八星宿，
用来区分四季节，
不知此理为笨人；
雷声空中响起时，
是想迎接天上雨，
不闻雷声是聋人；
风吹火舌飘摇时，
青龙展开火翼时，
不见火光是瞎子，
是否这样果小子？
虱子满头卷毛上，
白色盔旗脏兮兮，
四肢着地似牲畜，
还说盔甲嘶呤响；
马儿喘气肚带松，
还说击蹬快如风；
勇士三械拖地上，

还在豪歌响天上。
果部懦夫和小儿，
是否知道可怜样？

穿着长靴之脚坨，
灶旁扫灰之助手；
满嘴狗屁之臭气，
只会污浊神与佛；
满身虱虮的锦衣，
会让长辈犯恶吐；
花狐狸炫耀毛色，
美纹老虎心生气；
剽悍牦牛炫颈部，
引来野牛直愤怒，
野狗死叫又死扯，
洁白狮子心中怒；
大镇姑娘的歌声，
诱导英儿走偏路；
未系肚带拖鞍跑，
是引盗匪走歪路；
果部自诩无敌手，

最终想走乞讨路。

白岭神圣之部落，
邪恶灾祸无法起，
白岭佛法巩固地，
魔法无效不能侵，
罗刹不能扰乱心，
若想安坐请自律！
去年今年一时期，
未曾想到因缘定，
琐碎之事起争执；
果部三千余人马，
今日前来我岭营，
发起血肉大拼战，
血洗神圣之部落，
相互残杀无数人，
最终决定输赢时，
谁输谁赢都未了，
无法确定胜与败。
好比乞丐徒手搏，
好比野狗争地盘，

争执没有任何意；
手握拐杖敲大门，
会引国王怒火烧；
粗野谩骂指责人，
神圣上师心不安；
没事到处乱挖地，
死后定想下地狱。
实在是可怜至极！

果部贪婪的男孩，
身挂三械[1]抛性命，
还想贪图获战功，
今日上午我和你，
谁是英雄拭目看！
我腰佩带此宝刀，
是由非人所锻造，
星宿幻化之宝刀，
并非随便杀性命，
若遇强敌不挥刀，
男儿好比被女擒。

1　身挂三械：《格萨尔》史诗中的常用术语，原指三种兵器，即骑士必备的弓箭、刀剑和枪矛。本书中意为披挂、着戎装。

今天砍向嘎玛头，
哎呀装模作样儿，
真有勇气是果儿，
没有怙主是果儿，
今天砍下头与手。

是否如此请三思，
听懂歌儿铭记心，
不懂不会再吟咏，
愿嘎玛能记心间！

唱完，嘉巴立刻挥刀冲向嘎玛达杰。文布嘉巴赤赞的这把宝刀不是一把普通的刀，它由天铁制造而成，所以抡挥不到五下，便准准地砍在了嘎玛达杰的脑袋上，顿时血溅天空，人从马上掉了下去。接下来，果部和岭部两军相互厮杀，双方大约各自死伤六十人马后，响起撤退号令，双方便停了下来。

与此同时，西边战场上烟霭升腾，尘土飞扬，像石子打飞小鸟群一样，咯咯嗦嗦声和呐喊声此起彼伏，呼喊声之下是各种武器的拼杀声，响彻天空。大约三顿茶时间后，悲惨的哭喊声传来。此处正是岭营的穆江杰瓦伦珠、白利朗杰多吉、智朗卡坚赞三人并肩御敌的战场。果部班丹久美、拉旺达杰、多吉达古三将带领军队进攻，犹如一人身系三械，更似一马迈步向前，挥刀如暴风呼啸，标枪如流星乱飞，射箭如霹雳降落，抛石如密雨倾盆。他们来到岭部穆江营地，双方经过三顿茶的时间相互厮杀后，穆江杰瓦伦珠上前挡住了班丹久美。果部班丹久美骑在碧玉鸟般的青马上，青人如青龙展开火翼，威风凛凛，豪气冲天，吼声震耳，然后踩镫策马，将鲜血喂养的宝刀锋在马鬃上来回擦拭了三遍，又将宝刀插入刀鞘半截，唱起了一首豪迈之歌：

嗡嘛呢叭咪吽！
上祭阳神和战神，
不祭阳神和战神，
头顶白盔靠谁护！
中祭乡神土地神，
不祭乡神土地神，
身上三械谁来护！
下祭土地鲁之神，
不祭鲁域土地神，
脚下步履谁庇护！

不知此地是何方，
岭部死人尸林地，
血流成渠的地方，
尸体臭味蔓延地，
尸衣抛掷山野地，
尸体垒堆成墙地，
是喜是悲细思量。
不知我是何许人，

果部十五石谷地，
神鲁年神的地方，
无数牧部之中间，
牧畜兴旺之后代，
人称我班丹久美。

东方灿烂昴宿星，
无数繁星之饰品；
天上滚滚之乌云，
青龙盘旋之根基，
不降冰雹不可能；
空中盘旋之黑雕，
是在寻找山野兔，
想把腥臭飘满空；
穿梭山间之灰狼，
是在寻觅绵羊群，
想将山谷染血红；
猛烈燃烧之火焰，
想把南林烧毁后，
欲把山林变焦味；
山顶积雪太阳融，
大河形成的根基，

想将冲毁桥梁腰。

喂！岭部小乞丐，
去年今年两年间，
什么坏事都干尽，
吃后嘴印是凭据，
夺财手印是明证，
魔手伸向天神谷，
敬献热洛顿巴之，
神牛鲁牛和年牛，
九种放生之牲畜，
赛巴部落被宰杀，
罪魁祸首是超同，
贪吃果部之财产，
北方小偷极贪婪，
偷了东西反指责，
好比女人不害臊，
左边媚眼右边笑，
恐想骗取男人财；
背誓喇嘛狡诈徒，
未见妖魔发咒术，
欺蒙坑骗施主家，

饮食财宝皆夺走；
无耻长官行暴令，
无知偏爱讲大话，
恐想骗取民众财，
不瞒大家真如此。

岭部赛巴八部落，
不仅掠夺果财产，
还带军队赴果部，
赭色黄河之渡口，
驻扎军队扎营帐，
挥舞刀剑砍杀人，
还有败家超同叔，
最近两天时日内，
好比刺丛里兔子，
静吃禅食修禅术，
不露面目是为何？
无道上师老咒师，
驻守禅洞吃贪食，
所做比喻是这样，
岭部做法是如此！
昨天上午之时分，

三千果部之兵马，
围攻岭部之军营，
是喜是悲细思量。

还有这位歪鼻汉，
你的名字叫什么？
有何豪言壮语讲？
哈巴狗仔凶猛叫，
又拽又逃奔跳忙，
主人名字叫什么？
坐在地上献媚女，
你的父母叫何名？
未备鞍鞯的马儿，
惊恐逃奔遍草原，
爬山涉水无希望；
是否正确岭部儿？
刀剑矛等腰间挂，
无勇懦夫佩三械，
又如无财论商业，
犹如无速想奔跑。

如是岭部之小儿，

我想言简意赅讲，

谁是好汉今天看，

面前并肩三勇士，

依次砍断头和手。

听懂则为耳甘露，

不懂不会再吟唱，

你这狗崽铭记心！

歌音刚落，就见利刀砍来，穆江杰瓦伦珠说道："呀呀，你说的真是对呀！没有主人的家畜，不得不流浪；没有父母的子孙，不说脏话没办法；身无分文的乞丐，不得不去讨饭；依你果部上师贡巴热杂强权命令，派你上战场，你不得不出征啊！现在你也没有逃跑藏身处，背后没有支援者，前面也没有迎请人，我们俩就这样，单枪匹马比一比！"说着以勇歌怒吼调唱道：

唵嘛呢叭咪吽！

阿拉歌儿上师鉴！

阿是佛法之门径，

唱首塔拉极乐歌，

流转世间之众生，

引向西方极乐界！

供奉战神威玛[1]神！

遭遇敌人助压服！

1 威玛：古象雄语，藏地古老苯教神灵系列中的一类重要神灵，在《格萨尔》史诗中通常与战神一词并列使用，意义相同或相近。

敬请莲花大师鉴！

顶礼慈悲大海佛！

不知此地是何方，

岭神诺布的故乡，

满山植物皆药材，

花卉宛如五彩虹，

蜜蜂欢快高歌地；

白雪皑皑的山顶，

雪狮显耀绿鬃地，

果部争执此地方，

两只眼睛分左右，

左右之手各不同，

若无躯体怎命名，

五官长在身体上，

岭部好比是眼睛，

天天观览各地事；

岭部好比是耳朵，

神魔语言都听懂；

岭部好比是鼻子，

人性好坏都闻到；

岭部好比四方嘴，
享受美味吃佳肴；
岭部好比身上头，
此悉补野之首领，
天竺当帽头戴者，
帽上镶饰氆氇者，
汉地当靴脚穿者，
补修靴底饰靴人，
悉补野当带系者，
身体获得自由者。

吉祥岭部之部众，
男人长大皆英雄，
女人长大皆空行，
所有牲口皆神畜，
果部所说无区别。
吉祥岭部此地方，
南瞻部洲[1]之中心，
见者皆喜吉祥地，
只有岭部在争夺，

1　南瞻部洲：在佛教宇宙观中，同一日月下的天下为一个小世界，以须弥山为中心，东有东胜神州、西为西牛贺洲、南有南瞻部洲、北为北俱芦洲。

你的想法不实现。
黑色黄牛之角抵，
无法比得过野牛；
淡黄狐狸之疾走，
无法比得过老虎；
孱弱老狗之吠叫，
无法比得过狮子；
南谷毛驴之疾走，
无法比得过野驴。
还有更加精彩的，
白岭英雄此神子，
是由上天所赐予，
生于吉祥之岭部。

你执邪见有原因，
因为出生不一样，
果部人的思想中，
是位果人应出名，
是位岭人受压迫，
虽然举刀都相似，
砍头之时不一样；

同样身系三械器，
神佛怙佑不一样；
固然眼睛都一样，
识别财富却不同；
虽然都是母亲生，
福寿权势都各异；
天下马速都不等，
是人不都称英雄，
武器非均天铁造。
你果部勇士班丹，
不是无畏而成性，
男仆吃饱想马儿，
女仆吃饱想唱歌，
不谙腔调令人厌。
古人有句谚语讲：
每当疯子喝醉时，
胡言乱语满嘴叫，
惹是生非无意义；
同样傻子经商时，
满嘴叽哩咕噜讲，
有用财物他没有。

果部勇士贪婪者，

昨天上午之时日，

外道上师之慈悲，

驮在黑鸟翅膀上，

如将羊粪撒水中，

驮到岭部勇士营，

白色头盔染血污，

盔甲尸衣被扒光，

马儿无鞍到处跑，

从未想到是注定；

每当男儿赴战场，

英勇好战善夸言，

从不知道长性命；

善谈女人谋幸福，

贪吃贪物心思乱，

从不知道生私子。

今天上午之时日，

如你说的一个样，

岭部三大部落之，

穆江杰瓦伦珠他，

任何人都无法比；
果岭像血搅乱者，
乃恰纳贡巴热杂，
尚在争论说大话；
面对贪婪无稽言，
误为大部长官言；
山野小狗之狂吠，
错认花斑老虎啸；
黑鸟嘴上阿拉歌，
错为神鸟杜鹃啭；
门后女仆之窃笑，
当成主母之笑言，
皆是思想混乱相。

今天上午之时日，
你和我们两个人，
虽未想过命注定，
地上射出一支箭，
空中飞过一只鸟，
相遇鸟毛纷乱飞；
高昂雄姿之野鹿，

不在草山吃嫩草，
岩山顶上雄赳赳，
猎人挽弓游山口，
相遇鹿角落地上；
美丽斑纹之老虎，
想将虎牙弃地上；
果部昂扬之小伙，
今天想把性命送。

听懂就为耳甘露，
不懂不会再吟咏！

唱完，穆江杰瓦伦朱和班丹久美相互拔刀拼杀，但未分出胜负。之后，果部的久美多吉又和杰瓦伦珠相遇打斗，也未分出胜负。果部猛将士顿杰多吉骑着一匹戴黄金面具的黄铜色战马，手中挥舞长矛，踩镫策马，冲向穆江军队。顷刻间穆江部六人被穿于矛尖上，他又催马一跃来到蓝色帐篷玉日塘秀旁边。岭部白利尼玛坚赞骑着“暴风劲吹”黑胸白蹄马，备着“粗硬黑铁”鞍，头戴天铁头盔，身穿十万生铁盔甲，像天空乌云密布般与之对峙，尼玛坚赞身具大力，犹如罗睺罗遮挡太阳一样，上前挡住了勇士顿杰多吉的去路。顿杰多吉异常愤怒，将浸满鲜血的生铁大刀在马鬃上擦拭了几下后，将刀环套在指上，以恶言食肉老虎调唱道：

唵嘛呢叭咪吽！
敬一敬二敬三次，
第一敬奉碧空界，

供奉头顶诸众神，
助请开启豪言门！
第二敬奉须弥山，
歌声虽不饰土地，
却可供养地方神，
辅佐军队之士气！
第三敬奉清河水，
歌声虽不饰河水，
却能供养诸龙王，
望能恩赐珍宝财！
特供阳神和战神，
无论何处助出头，
打击敌军获胜利！

不知此地是何方，
莲花纳塘大草原，
文布黄河之右边。
不知我是何许人，
深谷雅美杂隆谷，
林山江水蜿蜒处，
供奉太阳之子嗣，

巴日四洲之财主，
十万奶牛放草场，
洁白绵羊饰草原，
黑白牲畜满九沟，
白色奶水如大海，
酥油奶酪堆如山，
食足财丰之子嗣，
都称我顿杰多吉，
立誓迎敌先行者，
果阿琼王之大臣，
热洛顿巴之外甥，
千名士兵之首领，
比如湛蓝之天空，
像青龙般的勇士，
展开火翼降霹雳，
击毁金刚岩山者；
水晶雪山之中心，
犹如雄猛之雪狮，
屹立雪山显绿鬃，
迎战风雪之英雄；
是海洋里的金鱼，

搅乱海水之勇士；
又像南谷斑纹虎，
獠牙舞爪显威者，
遇敌格杀勿论者，
威猛吼声震南谷。
果嘎钦氏族长子，
立下誓言跨骏马，
腰束三械赴战场，
遇敌一律斩杀将。

岭部一把狗虮虱，
蓝色帐篷之门旁，
黑人黑马黑盔甲，
黄人红马锈色者，
白人白马雪色者，
一雄之后一雄护，
懦夫之子错不了。
好比山后之野狼，
利箭随时改寿命；
犹如海里之鱼儿，
锋利穿钩随时钓。

我是果部顿杰雄，
与人较量大力者，
今年二十有三岁，
此前获取多战绩，
曾游汉地天门城，
盗取二十余匹马，
杀戴山帽三百人，
获取英勇第一功；
尔后去了弥药国，
盗窃犏牛二百头，
偷盗弥药鲁赤财，
杀死白盔二百人，
获取英勇第二功；
今年遇见美丽岭，
去年今年一时期，
腰束三械赴战场，
先后参与七战役，
无数岭兵死战场，
可否知我臭黑汉？

今天幸福之日子，

罗睺同伴五彩云，
途中相遇太阳光，
将把白昼变黑夜；
青龙跳跃乌云滚，
空中直降冰雹雨，
击碎水田中谷粮；
辽阔富饶的草原，
狼群漫山遍野跑，
想把羊群追杀之，
鲜红血液染石头。
今天上午之时日，
犹如利刀消生命，
寿尽灵魂飞他处；
我这毒舌阔口刀，
不是铁匠锻造成，
而是泰让幻化制，
名叫食肉毒舌刀，
无论是人是鬼神，
恰似轻松砍树腰；
假如大石阻路时，
劈开石头碎成块；

如果挥刀砍石山，

劈断山腰倒滩上；

今天举刀砍黑汉，

将你灵魂送中阴，

尸体滚落地面上，

不是吹嘘看行动。

听懂岭儿铭记心，

不懂不会再吟唱，

望臭黑汉记心间！

唱完，顿杰多吉踩镫策马，举刀冲上前来。白利尼玛坚赞骑坐在“暴风劲吹”马背上讲道：“呀，别急别急！心急之人无功德。现在时至春天，日子比较长，或行或停来度日。比如富人的财富，有积累和消费的时期；灰狼的疾走，有走走停停的时候；勇士间的搏斗，有格斗和逃跑的时间；稍等一会儿，好儿子！”说完后去掉灰色生铁长矛的矛套，将它立放在马镫上，任红色飞幡像红霞般在胸前飘摇，接着尼玛坚赞以豪言唱道：

唵嘛呢呗咪吽！

唱首阿拉歌供奉，

塔拉是歌的唱法，

阿拉塔拉[1]岭部歌，

供养上师本尊佛，

1　阿拉（塔拉）：在《格萨尔》史诗中，艺人演唱时常常以“鲁塔拉”或“鲁阿拉”等作起音，是开始吟唱史诗时有音无意的衬词，作为唱腔的起音曲已成定格。

心之续中做祈祷，
加持慈悲之威力，
恩赐岭部大成就！
敬请诸神鉴三次！
头顶日月宝座上，
静驻根本怙主师，
静驻释迦牟尼佛，
身语意中做祈祷；
心间法轮之宫殿，
法身报身和化身，
三门修习请加持！
右边肩膀之上面，
达妥嘎布战神鉴，
前来辅助我勇士！
左边肩膀之上面，
静驻益西措杰母，
恩赐威力和成就！
背部肩胛之上面，
护法旌旗迎风飘，
请做后援与助伴，
请做辅佐与怙佑！

不知此地是何方，

黄河莲谷上纳扎，

军部营帐之右边，

矿藏财富不尽地；

权势高如须弥山，

植物花卉不枯竭；

兵马如海深达底，

勇士似那海中鲸；

湛蓝天空之上方，

日月星体在运转，

空中碧蓝空荡荡；

藏地雪域高原上，

雪山四面八方绕，

雄伟雪狮成长地，

从未想过绿鬃衰；

南谷富饶之林海，

猿类猴子之故乡，

各类动物无穷尽；

浓云飘逸之空中，

青龙腾飞之故乡，

展开火翼翔碧空，

霹雳冰雹无穷尽；
东方吉祥之岭部，
所生男孩皆神子，
六艺气力双全者，
从未想过丧敌寇；
所生女孩皆空行，
上神时刻在关注！
自从出生那天起，
蒙受天竺之佛门，
天竺当帽戴头顶；
承接汉地之法律，
汉地当鞋穿脚上；
生活依靠是吐蕃，
卫藏当带系身上。
若要讲述男儿义，
天上星星之数量，
只有星光来计算；
地上花儿之数量，
唯有季节才明知；
碧波江河之深度，
只有金鱼才知道；

高山四周有何山，
唯有鸟兽能明白；
美丽岭部之苦乐，
只有智者才清楚。
我是白利部落人，
董氏家族之后裔，
都称我尼玛坚赞，
宛如天上之青龙，
火翼不盛未曾想。

尚有一些事要讲，
紫色果部之兵马，
每一上坡后下坡，
上坡下坡相毗连；
每一幸福后痛苦，
苦乐好比头角层。
你这贪婪之小伙，
非去未去过山后，
想把盔旗抛风中；
非要登那金刚岩，
想将头颅碰岩石；

非游未去过之河，
是想溃堤毁自身。
是否知苦果部儿，
不要急躁请缓行，
沉着稳重有功德；
神圣上师失戒时，
头戴一顶长耳帽，
身缠黄色之法衣，
灰溜溜地逛大街，
过于缓慢堕世俗；
浮躁长官乱骂人，
无辜百姓受惩罚，
看见弱小更欺凌，
民众嘴中成死尸，
最终孤身入旷野；
好汉浮躁玩刀剑，
玩狠跨上骏马背，
急躁上前斗勇士，
手无寸铁尚领头，
无勇装腔又作势，
头破血流摔下马；

女孩浮躁换身装，
穿梭大城唱小曲，
头戴松石喜笑颜，
甜嘴男儿设骗局，
自辱自堕毁自身，
衣着脏污入丐群。
如是果部之男孩，
果部富人之爱子，
满嘴酸奶黄唇儿，
吃肉显露黄牙儿，
额头油光锃亮堂，
突然瘦骨说不定；
果部上方宝贝儿，
红白身体穿羔袍，
羊羔袍上套缎袍，
缎袍上面穿白铠，
骏马背上备高鞍，
不住城中舒适楼，
踩镫立马昂首行，
牛角弯弓束左边，
待射竹箭挂右边，

如梭钝刀系腰间，
盔如毡帽戴头上，
前额装扮如尾巴，
马如山羊跨下面，
远行不如选徒步，
如此可怜英雄姿！

我岭部之勇士们，
前世祈祷因缘成，
鹏旗头盔满天空，
微风吹拂心神怡；
这身守命下身甲，
是有十万铁甲片，
天下无刀能砍断，
是因铠绳锁成片；
因为前世之注定，
所有岭部出生者，
皆能成为英雄汉；
皮肉身躯四蹄马，
外看皮毛之牲畜，
内看佛陀之化身，

即使狂风追不上，
天上飞鸟比翼齐，
上下山坡如平地；
阿弓藤弓与弯弓，
此弓上方天神护，
中间尚有年神护，
下方仍有鲁神护，
弓弦空心佛母护，
利箭战神威玛护，
箭羽护法守神护，
尚有九力之帮手。
果部失义黄口儿，
上天入地无逃路，
今天将把你打倒。
今日我射这支箭，
箭头若不穿你身，
不为白利尼玛者！

听懂果仔铭记心，
不懂不会再吟唱。

唱完，尼玛坚赞在头顶挥舞三圈灰色长矛，一矛戳在顿杰多吉的肚子上，顿杰多吉的脊椎被分成四节，摔下马背，肠肚流落一地。尼玛坚赞的副将顿桑嘎雅随后把套索“明镜日月食”从胳膊肘卸下，骑在“飞速白铜”马上左右摇摆，向前冲去。果部噶欠朗卡顿珠骑在“暴猛风翼”马背上，犹如白胸口醉血熊一样，挡在前面讲道：“呀，像你这样的白人白马不要跟我比试了。我今天不给顿杰多吉和其他士兵报血仇，不在果部上方获得名声，从此我不再称英雄！”说完便举起长矛，在头顶旋转三次后，以“暴风猛刮”调唱了一首豪言歌：

唵嘛呢叭咪吽！
唱首阿拉召请神，
身体骨节都有神，
敬请阳神战神鉴，
若是女性阴神[1]鉴，
助我勇气报血仇！

水晶雪山之中央，
善方岗拉朗杰鉴！
红色高耸岩山上，
十三红色赞神鉴！
在那深海漩涡处，
鲁魔纳噶热杂鉴，
辅助恩重父之子！

1　阴神：指母族神、母系神。

此地乃是岭尸林，
骏马不能休息地，
鞍前鞍后不闲地。

岭部无勇狐狸仔，
看见北鼠如老虎，
遇见猛狗拼命逃，
狐洞鼠洞和刺洞，
若无找到任一洞，
很难寻找庇护地；
岭部英雄如山羊，
羊群高昂又自信，
红崖山缝满地跑，
后有豺狗在追逐，
若不熟悉岩山崖，
粉身碎骨血染地；
岭部勇士如鸟儿，
林间枝头树叶间，
鸣声悦耳羽翎艳，
鹞鹰展翅飞空中，
无处飞逃躲岩洞，

若不熟稔降落地，

羽毛飘撒满天空，

此事明了如掌纹；

请听狐仔懦夫们，

自称好汉英雄儿，

遭遇果部真猛汉，

头破血流露肠肚，

横七竖八堆平原，

血流如渠成小湖，

大小丘陵堆满尸，

此是因何造成的，

是喜是悲细思量。

我噶欠朗卡顿珠，

果部弥药之长子，

二十五岁为英雄，

张弓放矢神箭手，

挥舞刀剑无敌手；

黑色风翼白蹄马，

快似飞翔在天空，

岭部好汉仅如此。

今天傍晚时分前，

不将岭营分六块，

我非英雄朗卡者！

你未死白人白马，

听懂竖起耳朵来，

不懂就为肉中刺，

苍白心中如此记！

唱完，朗卡顿珠手握长矛柄，边搓边在上面吐了些唾沫，准备战斗。这时，顿桑嘎雅右手抓着“明镜日月食”套索的圆环铁钩，左手捏着绳头，说道：“呀，听着，我有话要说！若有话不回应，就是哑巴；若请客不回请，就是骗子；若有仇不去报，就像女人的尸体。请听，还有一些话要说！”接着便唱了一首赞套索之歌：

唵嘛呢呗咪吽！

唱首阿拉塔拉歌，

塔拉是歌之唱法。

供奉上师佛法僧，

怙主根本佛三宝，

尤其祈祷观世音，

中阴路上救度我！

西方无量光之佛，

邬金莲花生大师，

以及寂怒百本尊，
在这瞻部洲地方，
博大佛法之精髓，
佛乃一切之主尊，
个个不供没理由！

自从吉祥岭部地，
出生那天之日起，
因为岭事入军队，
注定要做杀敌手，
千名佛陀意化身；
往昔天竺佛法地，
八十佛法成就者，
最终诞生在岭部；
我在世间初劫时，
懂曲鲁布之前面，
尼玛热嘎昂曲子。
如那远古谚语讲：
称心遂意很难得，
贪婪之手伸四方，
毁灭性命之根基；

时时与风比速度，

风儿卷走之征兆；

逞强示暴之长官，

身遭践辱之根基；

福气权势和业缘，

还有与众不同名，

生辰星宿相合生。

不知此地是何方，

去年是上方尸林，

恰似阎王之魂牌；

明年是极乐世界，

征得大寂之地方，

不往乐处无一人，

都能投身人天道，

佛身法身诞生地。

男儿若是因累死，

骏马若是奔跑亡，

二者死法都相同；

上师所修为佛法，

虽有去世的那天，

但是救度中阴魂，
以及地狱之众生；
长官一般死于法，
秉公办事无恶趣；
长辈一般死于计，
宏展计谋心智日，
死于善恶无法说。

如是美丽我岭部，
看似一样却不同；
狮子头顶之绿鬃，
黑狗头上之垢发，
长在头上都一样，
显耀威风却不同；
小小狐狸之皮毛，
凶猛老虎之六纹，
看似红黄都一样，
斑纹光彩却不同；
街头觅食之母猪，
赛钦有角母牦牛，
长有乳头都一样，

乳汁来源却不同；

门后高傲之女仆，

虽象深宫之王妃，

身份高低却不同；

岭部英雄之神子，

果部失戒之活鬼，

男儿身体都一样，

六艺战绩却不同，

转生目标各相异；

南谷长耳之毛驴，

羌塘上方之野驴，

各有四蹄都一样，

驰骋速度却不同；

波罗树上之乌鸦，

门隅神鸟杜鹃鸟，

身有翅膀都一样，

六调歌喉却不同；

黄金宝座之上师，

吽哌持咒之咒师，

皆是肉身都一样，

修证加持不一样，

投入地狱法不同。

你和我们俩之间，
今天傍晚时分前，
不动干戈与刀剑，
这圆环钩套索绳，
套在果部之颈项，
将你如狗牵身后，
拴在帐营之门边，
令你狗仔门后吠，
令你舌头吃狗食。
听懂铭记在心间，
不懂不会再吟唱，
望果儿你记在心！

唱完，顿桑嘎雅旋转套索准备甩出去，这时，噶欠的长矛却先行刺入他的银制铠甲，刺断了十三根铠绳，幸亏顿桑身上佩戴有金刚护身符，未被伤及性命。顿桑嘎雅迅速抛出套索，套住了噶欠颈部，但没能把人马分开。见状，右边的智氏白人拉欧桑珠像鹫鸟越空般迅速上前抛出套索，从另一方向套住了噶欠的颈部。两人在不同方向像狼群撕扯绵羊一样来回拉拽，最终抓住噶欠，将其牵回岭营，捆绑成线团，拴在有八岁男孩身高的铁柱上。平时噶欠朗卡顿珠在果部无论是名誉还是武艺都享有盛名，自称果部第一人，但此时他两眼泪水汪汪，眼前一黑，晕厥不起。

见此情形，果兵失去斗志，渐次沿着文布渡口向黄河彼岸后撤。当他们渡河时，岭兵群箭齐发，果部三十人中箭被河水冲走。岭兵获胜吹响军号，返回营地。

“呀，今天我们的主要战功，是把果部声望显赫响彻三千世界的朗卡顿珠给抓获，将他的名声扫了一地。他是蔚蓝天空中的太阳，大地上的大海，美丽山顶的雄鹿。今天雄鹿的海螺银角掉到地上了。”在所有勇士神彩奕奕聚集的岭营神帐内，英雄雍仲拉赞面对兄弟们讲着这番话，他坐在在毡垫上，正欲继续，噶欠朗卡顿珠从昏迷中醒了过来，听到雍仲拉赞的话，感觉像是蛇被刺棒击打了一下，又像心被钉子钉了一样，傲慢之心引起的剧烈疼痛难以忍耐，咬牙切齿嗒嗒直响，如暴妙青稞发出的声音一样。

“我还有一些疑问。若说出来的话，斗胆直言；若不说，担心自己血肉分离成块。”中列首席白色狮子宝座上的智氏白人拉欧桑珠，边磨黑熊食肉刀边说道，然后，以壮士谩骂的歌唱道：

唵嘛呢叭咪吽！

敬一敬二敬三次，

头顶碧蓝之空中，

供奉无量光之佛；

广漠白云之空中，

千手观世音菩萨，

敬请教化吐蕃人！

大地瑞云之坛城，

供奉守护四方神，

供奉空行业主母，

供奉般若智慧母，
供奉二十一度母；
上阿里三围地方，
雪山水晶之宫殿，
供奉地主红火神；
玛旁松石珍宝谷，
供奉龙女弥贡王，
请开人间财宝门！
卫如拉之雍仲寺，
苯子上师雍仲鉴！
苯祖师敦巴辛绕，
主尊达拉美巴等，
供奉教言不变师。

不知此地是何方，
是我朵康之地方，
玛域虎谷三河源，
幸福家园见者喜；
一山三峰水晶宫，
雪山狮子之故乡；
四周草山石山围，

雄鹿十角兴旺地；
山麓六谷水草滩，
骏马嬉戏奔驰地；
阴阳山坡花烂漫，
山羊游戏穿梭地；
左右林海和林山，
猿猴野人集聚地，
熊虎豹蛇怒吼地；
中间平地和梯田，
青色谷物之粮仓；
夏季河水涨六沟，
右边黄河缓缓流，
此地美称莲花滩。

不知我是何许人，
我是上智部边缘，
智盖巴金刚谷地，
叫智氏拉欧桑珠，
千名官兵之军官，
九千户部之头人，
岭部勇士之精英。

当我出生那一天，
上方雪山狮子吼，
冬风昼夜夹雨雪，
天上雷鸣滚滚响，
细雨淅沥三昼夜，
百花齐放大地上，
各种鸟儿悦耳鸣，
草食肉食动物游。
嘎秀山之金刚园，
九匹野狼在吼叫；
白岩山之水晶宫，
九只鹫鹰筑巢窝；
金色碧玉草山地，
一群雄鹿聚畜圈，
很多迹象很神奇；
水浇田地连一片，
青色谷物连成片，
智热噶顿巴之子；
正确意义之果实，
宛如杜鹃悦耳声，
烧香煨桑神龙喜，

佛法精髓乃上师，
救度来世无需禀。

请听果儿噶欠啦，
故乡财宝之谷地，
牦牛野牛混杂一，
绵羊羚羊夹杂二，
骏马野驴混夹三，
金银财宝牲畜主，
乃热洛家之长子，
都称你噶欠朗卡，
积聚恶业得恶身，
佛前行礼拜敬时，
发愿成为恶魔鬼，
业障未尽束三械，
矛头指向我岭部，
不是恶魔是什么？
岭部神子佛化身，
时常当敌是魔子，
部落元老中败类。

美丽岭部和果部，
氏族骨系都一样，
不向外攻掀内讧，
刀尖指向各兄弟，
黑毒泛涌内家宅，
兄弟们之夺命者，
是否如此噶欠儿？
今年果部之父辈，
听信妖魔之欺言，
勇武炫向自兄弟，
是否知羞果部儿？
昨天营地出发前，
魔师贡巴热杂他，
乘鸟送你上战场，
你像牢中一坨血，
头脑发昏无怙主；
你像沙中一滴水，
又像暴风中雨水，
无主不知去何处。
像你岭部营帐中，
捆成线团之身端，

尚有好戏等你赏。

宽阔草原堆满尸，

果部三千之人马，

龇牙咧嘴将返回，

空手举着白旗逃，

途经黄河溺数人，

果兵气概如此已，

此乃是喜还是忧？

请你深谋远思虑！

听懂作为耳甘露，

不懂不会再解释！

听后噶欠朗卡露出不高兴的样子，心想其实没什么可抱怨的，于是说道："人若无故触犯法，口中空话就连篇，或真或假说许多。对此打个比方说，男儿勇猛虽未获英雄带，计穷被捕入狱中；活活被黑绳捆住时，就没什么话可说。你岭部父辈兄弟，或伟大高贵，或可怖凶猛，或英勇威严，都具有光辉历史。紫色董氏后裔，正如谚语说的：大人总有禀承人，高山定有转山口，大河总有可渡船。你们也有听懂事理的耳朵，理解意思的心，有看见别人的眼睛，看清自己的镜子，看了自然就清楚。上等男儿肚腹中，灵鹫来回能飞翔；中等男儿肚腹中，可以挥舞长柄矛；下等男儿肚腹中，心小气也短。心小腹中满痛苦，傲慢怒恨快乐少。今天上午，我从果部军营走来，一是魔鬼引路的，二是复仇催促的，三是恶兆迫使的。就像死亡临头时，匆忙赶路一样；犹如脸上皱纹密密麻麻的老妇人，吃饭吸收不了营养，使之如水流淌走；又像老马四蹄负伤，尚在土路石路之间奔走。罪孽深重的人落网，假话连篇说不尽，话语没有一点真，讲说秘密挑内讧，流血冲突满部落。现在岭部想怎样就怎样吧，除此没什么可说的。”接着，以短句豪语的黑暗自罩调唱了一首罪孽歌：

唵嘛呢呗咪吽！
阳神战神和威玛，
所有男人之身神，
若不保护此躯体，
经常供奉无意义；
衣食财产和鞋子，
困难时候不利益，
唯有自心伴流转；
爱侣坐骑和老伴，
悲欢时候若不在，
积累财富无意义。

不知此地是何方，
暴君严词强令地，
争强斗胜逞勇地，
懦夫豪言之地方，
元老荒谬讲话地，
平原堆满尸之地。

长途客人住留地，
残茶骨头和水迹，
留下这些无话说；
英雄战斗之地方，
尸骨尸衣和残血，
留存在此非幻化。

有句古老之谚语：
石雕佛和金铸佛，
若无加持皆等同；
父杀亲子或敌杀，
若无慈悲皆等同；
外人偷盗或内盗，
若无羞耻皆等同。
原本无能被擒住，
犹如藏獒栓铁链，
还有何话可以说？
最是无耻长官言，
无人反对故说之；
窃贼盗马奔旷野，
因无怜惜敌奔驰。

如果身体很健康，
吃甚食物胃不疼；
如果心中无痛苦，
开甚玩笑心神怡；
如果家乡无灾恙，
家主安乐性柔和。

如是岭部父辈们，
频频问话无甚答，
所需之物是饮食，
填饱肚子会开口，
原好现差不消说。
紫色果和吉祥岭，
主要争执是什么，
若您长辈都不知，
青壮男儿怎么知！
长官命令不可驳，
派往哪里去哪里；
四蹄牲畜无自由，
远近皆住是营兵；
失去自主之奴仆，

破晓拾柴喂马匹；

失去父母之孤儿，

忍受欺辱和谩骂；

没有主人之牲畜，

忍受圆石之抛打，

如是囚犯我无异。

岭部勇士称君臣，

人人威猛真英勇，

挥舞三械斗战场，

我挥刀剑万千种，

身如金刚不能敌，

圆环铁钩幻化索，

套我颈项如狗捉，

对此我也不后悔，

壮士相遇我失败，

捆绑入牢呆坐时，

不会举起大拇指，

一再哀求饶性命；

病痛死亡与葬地，

阎王魂牌所决定；

冷热二病摧残死，
刀剑兵器而死亡，
死亡形式有多种，
死有什么怨言呢，
尚有更多死亡因！
昨天勇士之搏击，
胜败格局业已定，
不再说那无意语。

在理与否细思量，
即杀我亦无悔意，
深思熟虑之话语，
但愿岭部如是想！

唱完，噶欠朗卡顿珠紧闭嘴唇，没有一句“是，是”或者“尊敬的人请饶命”这样请求的话。就在岭部君臣不知如何是好之际，白利尼玛坚赞说道：“呀，你虽然已被囚禁，却辱骂声声。高处不好好待着，非要拉下地。若你如此逞凶，我今天不会放过你。”说着抽出生铁利刃刀，举向他说道：“今天我要将你血溅天空，身刻千百花纹。”话音未落，父王僧伦卡玛、总管戎擦查根、杰瓦伦珠、赛巴阿琪和工布拉嘉等连忙劝道：“别做，别做！稍等一会儿！噶欠你要深思熟虑，不开口也没关系，事情不会有任何改变，不如先押回岭部！”于是，绳索环环相扣，捆成线团，让他骑在自己的马上，由十位岭部壮士押回穆江四部落，关在九门铁堡中。

十三

在果部，君臣正在会聚，听到勇士噶欠朗卡被抓，大家议论纷纷。“听说今日我们如此强大勇猛的勇士也被岭部擒走了，哎呀呀，太可惜了！”果部君臣们扼腕叹息。玉郭妥拉美巴从右列的虎皮垫子上站起，将一条洁白无垢的哈达献给果部阿琼王后，说道：“我立下军令、宣下誓言，不需要任何军队，也不需要辅弼，独自闯入岭营，要像壮狼闯羊群一样，把那岭营捣个四分五裂。”接着，以高傲歌调唱道：

唵嘛呢呗咪吽！

唱三声耶儿之歌，

向着天空唱首歌，

细雨露霜遍山野；

第二唱首霹雳歌，

降下击毁石山岩；

没有耶声河流歌，

流经之日冲成谷；

其次羌塘景风歌，

狂风席卷如盗贼。

敬请玛域地神鉴！

虔信顶礼守舍神！
守护铠甲战神鉴！
湛蓝深邃之海中，
黑蛇龙王请辅佐，
若遇敌寇助英雄，
矿藏财宝不枯竭！

不知此地是何方，
果部嘉塘大草原，
四方营帐环环连，
帐篷宛如天上星，
花草树木盛开地，
孩童牧马之宝地。
古人有句谚语说：
家主畜圈遭盗匪，
若无追索苦自吃；
上师法会背誓毁，
若不守戒自吃苦；
长官法庭遭窃贼，
不持正义自讨苦。
紫色果部之父辈，

高至大王的宝座，
低至牧马的汉子，
听到此话请三思！

今年果岭之战争，
不知事情大小因，
最终结果是怎样，
恰纳贡巴热杂他，
推动不必之战争，
无辜之人遭血灾，
无故财富弃风中，
最终如何尚不知。
昨天前天至七天，
果部三千余军人，
上师之术飞天空，
四面包围岭部营，
日日夜夜与敌战，
终无胜败之区分，
美丽岭部数英雄，
浑身溅血倒地死；
我果上方英雄等，

遇见不可想象事，
勇士顿杰多吉一，
壮士英雄拉赞二，
果儿妥拉查巴三，
俊杰朗加多杰四，
青壮班丹久美五，
无畏英雄命飘逝，
五百士兵长性命，
人死马翻已上千，
无意枉费储军粮，
倘若此仇今不报，
比起九死更痛苦。

长官噶欠朗卡他，
乃是千军之头领，
神奇英雄中一人，
也被套索所擒捉，
白岭一群无赖女，
宛如牵狗拽走他，
不知如今落何地，
我将前去报此仇，

不需兄弟来助伴，

单马独行系三械。

听懂本部铭记心，

不懂不会再吟唱！

玉郭唱完后，上马向前移前鞍桥，向后移后鞍桥，摆出各种姿势，犹如红赞立起，又似天霹暴雷。他很快横渡过黄河口，向着达戎营地冲去，神不知鬼不觉地来到达戎火海般竖有黄旗的红色帐篷周围，与营地近在咫尺。玉郭妥拉美巴两足立于蹬上，连吼三声“咯”，以雷雹狂降调唱道：

唵嘛呢叭咪吽！

唱首阿拉天空歌，

霹雳闪电之云层，

龙神朗卡妥本鉴！

高山峰顶之上面，

皑皑雪山之那边，

狮神岗日嘎布鉴！

碧波浩瀚之海底，

灵动自如之鱼儿，

摇着尾巴翻波浪，

珍宝财富滚滚来，

敬请前来助英雄！

头顶上面之阳神，

威猛龙神之部众，

雷电火翼闪闪鸣；
悬崖扎拉陀玛神，
腰束三械之阳神，
食肉赞堆日玛鉴！
嘴里咬牙嗒嗒响，
热巴久古神来助！
骏马奔驰之路段，
断崖深水之弯处，
席卷东方暴风骡，
毒人黑色辫发者，
手持劲吹风焰宝，
十万风神四周拥，
守护骏马之脚速！

不知此地是何方，
赭色黄河之渡口，
莲谷纳塘大草原。
不知我是何许人，
天空雷雹降落时，
火翼闪闪之青龙，
有何雷雹知道吗？

大田六谷可抖否？
南谷森林茂盛地，
红光火焰随风燃，
有何热力知道吗？
青石山谷之路边，
大河汹涌翻浪花，
大河之上倾盆雨，
土丘沙丘可抖否？
紫色果部之地方，
果部十八千户部，
勇士英雄济济聚，
领军英雄十八名，
盟誓勇士八十等，
大臣骁勇如死神。

我玉郭妥拉美巴，
自从娘胎出生起，
三五一十五年岁，
我乃父母之爱子，
弓箭离弦之势力，
正如劈山之雷石。

面向美丽之左方，
茂密森林之深处，
六纹斑驳之母虎，
炫耀毛发游森林，
夺取骏马性命者；
南方竹林绿叶下，
圆点斑纹之豹子，
炫耀獠牙速度快，
夺取狗仔性命者；
皑皑雪山之顶上，
雪山幼狮绿鬃者，
冬天对抗暴风雪，
夺取青龙性命者；
湛蓝海水之深处，
勇敢白色幼海螺，
百珍宝中之精髓，
夺取鲸鱼性命者；
果部军营之基地，
武艺好比虎獠牙，
精英犹如血醉熊，
果部军队之首领，

叫玉郭妥拉美巴。

今到吉祥岭军营，
夺取岭军性命来。
喂喂红帐黄旗者，
森严可怖暴力者，
伟大高贵稳重者，
锦旗飘扬怎安坐？
若非聋哑瘸腿人，
出来迎战壮士我！
咯声发出喊三声，
如果三声不出来，
岭部一群姑娘们，
无有勇气之表现。
犹如血海内红帐，
英雄好汉有几许？
胆小狐辈有几人？
快快出来奋战吧！
地鼠田鼠无尾鼠，
钻入洞中无益处。
大地之中烟火漫，

茂密山林之右方，
燃起熊熊之烈火，
鸟雀猿猴等动物，
若有翅翼请展开，
除此没有躲藏地。
碧波湖水缓流处，
冬季寒冷肆虐时，
江河结冰封冻住，
小鱼无法炫游姿。

白岭军营之中间，
富饶岭部狐辈们，
果部勇士玉郭我，
大鹏飞翔之空中，
从未想过收翼翅；
烈马奔驰之地方，
从未想过勒骏马；
英雄怒吼之地方，
从未想过敛豪气；
真是精彩之好戏，
军营将被鲜血染；

今天傍晚时分前，

若不毁营成四块，

绝非英雄乃死兆。

听懂充当耳甘露，

出来出来狐辈们！

唱完，玉郭在马背上踩镫矗立观看，只见在达戎神帐右翼，竖有黄色军旗的犹如血海翻腾的红色大营帐门口，一匹骏马不像马更像碧玉鸟，似要振翅起飞。这骏马备有黄金前鞍桥、白银后鞍桥、珍珠中鞍、铁马镫，搭配五彩旗帜如彩虹升起簇拥周围，骑在马上的英雄不像人更像蓝色青龙，戴着蓝色头盔插蓝旗，配着蓝色铠甲蓝色绳、蓝箭、蓝矛和蓝幡，九种蓝配耀闪闪，特别是那腰中佩带的毒刺叶宝刀威武雄壮，弓箭锦衣绣靴直发光，好比盛夏开满草原的花朵，无比艳丽。这人正是达戎勇士聂查阿旦，他在达戎帐篷门前，整装待发，如灰色山路上线团滚滚，平阔草滩上风卷灰纸，闪电般瞬间移到玉郭美巴的旁边，讲道："呀呀，恶狼巡视山顶，必将追杀羊群；盗贼偷盗之日，失主必将落泪；今天我定让你家破人亡。"说完后，聂查阿旦唱了一首讲述事实的豪言歌：

唵嘛呢叭咪吽！

阿拉是歌的唱法。

第一阿歌佛法门，

唵嘛呢叭咪吽誓，

愿能获得极乐土。

东方璁叶庄严土，

卡瓦岗桑之城堡，
螺叶炽盛之刹土，
二十一尊度母佛，
敬请辅助做怙主。
南方珍宝炽燃土，
蓝色松石之宝座，
狮脸智慧空行母，
今天前来助英雄！
莲花绚烂之刹土，
红色珊瑚之宝座，
敬请金刚亥母佑，
今天前来助英雄！
北方清净之刹土，
蓝色莲花之宝座，
事业王母智慧灯，
今天前来助英雄！
降伏无明尊胜土，
静住无量光之佛，
四周千佛在环绕，
佛陀智慧空行母，
今天前来护英雄！

时常供颂诸神圣，
关键时刻必辅助。

不知此地是何方，
广阔莲花大草原，
都叫莲谷上纳扎，
白色岭部珍宝座，
天降成就甘露地，
享用各种美食地，
所有佛陀之驻地，
空行众母之净土。
大营军队之左方，
九千士兵之首领。
黄色达戎富饶地，
耸立十三座黄山，
都称大部黑白黄；
黑色青白玉大山，
紫色董氏之战神，
赛波故地称赛查，
赛波好比铺地毡，
白色部落叫噶日，

黑色部落叫纳日，
黑色白色黄色地，
达戎八大部落中，
吐蕃教法之命树，
一切佛陀之宝髻。
达戎长官之长子，
其名叫聂查阿旦。

请听白人之白马，
看似唯你有勇气，
若做比喻是这样：
海底勇猛的巨鲸，
欲翻大海地朝天，
吞噬千万条鱼虫，
蔚蓝海水染血红，
乳汁喂养之白螺，
巨鲸丢弃性命日，
背上菱纹反成敌，
无食死于大海边；
紫色果部富裕部，
称作猛士之小伙，

野驴出没沮洳滩，
玉郭承诺赴杀场，
向着营部讲空话，
单人独马像独狼，
遇到羊群咬颈项，
遇到野牛巧谎言，
最终饥饿而至死；
无有部落之官法，
真假之分向谁辩？
厚颜无耻偷盗女，
怎么遵守夫遗嘱？
无奴无仆独行官，
心智明慧向谁讲？
无侍自己备马鞍，
如是比喻独行贼，
最终自身落法网。
勇士后面有军队，
若无军队荒漠贼，
独行千里有何益。
父伯必应有侄孙，
若无侄孙谁繁衍？

财富之后必有主，
无人犹如山顶兽。

在我达戎儿眼前，
不止玉郭你一人，
鬼怪罗刹也颤抖，
并非空话是事实；
玉霞马飞奔路上，
即使微风无法跑；
聂查怒吼之路上，
即使阎王无去路；
速箭疾飞之路上，
金刚岩石也成灰；
砍断千物宝刀口，
杀你宛如切酥油。
抛掷套索之路上，
你如金鱼被钩钓，
不办此事非英雄！
在那军营之边缘，
是何好戏响天地，
好像唯独你勇猛，

若遇聂查真可怜；

三高山之山巅上，

十枝犄角之雄鹿，

山口磨角霍霍响，

好像只有你长角，

疾箭射出真可怜；

同等英雄相遇时，

英勇武艺不可知，

要看业运之盛衰。

今天上午之时日，

手中所持灰色矛，

搅动天空如轮转；

投向南谷之森林，

南谷烈火熊熊燃；

挥向汹涌江河时，

能将河水拦腰断，

并非吹嘘乃实言。

勇士生气怒吼时，

果部狗崽无傲处，

男儿快快来迎战，

若你向后退三步，
丢尽果十八部脸，
吞噬阿琼王鲜肉，
痛饮琼那氏之血！

听懂歌声留耳中，
不懂不会再吟唱，
临死之前细思量！

唱完，聂查阿旦以巨石滚落之势向玉郭连刺三矛，但因他身上佩戴着贡巴热杂的修行物，除了砍断几条铠甲绳外，没有伤及性命。玉郭接着也向聂查阿旦刺了三下，他的长矛上带有泰让和贡巴热杂的各种修行物，矛尖炽燃烈火，三次均击中了聂查阿旦的胸膛，却只砍断了几条铠甲绳。他惊悸失措，迅速把矛挂在后鞍桥上，准备取出“金光断石”箭，这时，阿旦从肘部脱下用五部空行母头发编成的“烈火自燃三界[1]捕捉毒蛇”套索抛向玉郭。套索上的铁钩刚好钩中他的胸间，套索缠住了上半身。聂查往自己方向拉拽，他急忙拔出青色的“寸断”宝刀连砍数刀，因为套索是由空行母头发编织而成未能砍断。于是玉郭催马奔向聂查，举刀砍杀，但未能伤害到聂查。随后聂查阿旦往这边拉，玉郭往那边拽，两人将套索拉来拽去不分胜负。此时，玛尼噶热王子、奔巴托拉泽杰两人每人各手持一条套索抛向玉郭。三人一起将玉郭套住，像众犬撕扯一般将他拽下马，取走其兵器，里外绑得结结实实地带回了岭营大帐。

这时，山顶哨兵吹起警报海螺，岭兵纷纷向黄河渡口探望，只见四百

1　三界：指欲界、色界和无色界。在佛教宇宙观中，三界是一切众生六道轮回的处所。

果兵黑压压一片，精神抖擞似冰雹降落，以巨石滚落之势横渡黄河，像风吹羽毛般接二连三地轻驰向岭营东北方。同时，达戎约一千名士兵连忙围护营帐。果兵临近达戎营旁时，果儿尼玛坚赞、达郭拉赞、嘉瓦顿珠三人并肩在前，奔拉赞普紧随在后。两军相遇，双方射箭、拼枪、刀砍或手搏，犹如百只母羊遇其羔、公牛互顶撞，乱哄哄混作一团，果兵五十多人战倒在地，最终寡不敌众，达戎军获得小胜。奔拉赞普骑在“风翅红毛”马上，一身蓝色像青龙，头戴蓝盔插蓝旗，身后插蓝背旗，胸前挂蓝胸镜，九样蓝物齐全，腰系三械犹如青龙展火翼，奋力拼死杀入达戎军中。他挥刀右砍犹如雹打让巴草，挥刀左砍宛如镰刀收青稞穗，杀死了达戎十五名士兵。

达戎军中玛尼噶热王子、超杰毕玛两人抽出宝刀，并肩冲上前，果部奔郭妥杰扎巴和达郭拉赞迎了上去。达郭拉赞唱了一首急躁短歌：

唵嘛呢叭咪吽！

敬一敬二敬三歌。

广阔蔚蓝之刹土，

供奉具翼龙阳神，

请降雷电和冰雹，

击碎毁灭岭部军！

空中白云飘游处，

治服风之地方神，

前来护佑我刀刃，

击败岭部之大军！

悬崖峡谷之江河，

司水十万土地神，

摇动山河与大地，
滚落岩石灭敌军。
那么恰纳贡巴师，
今天若在请明鉴，
祈请上师速驾临！

此地乃是军营中，
我等英雄如青狼，
屠杀羊群之畜圈；
英雄如豺跑山岗，
来往山中任意停。
你们不知我是谁，
叫果部达郭拉赞，
左右两位之副将，
乃达杰玉赤妥贝，
和玉杰扎巴罗布，
也称左右两辅弼；
此外尚有紫灰将，
上百士兵之领头，
果儿尼玛拉加将；
若把果军比冰雹，

打毁庄稼刽子手；
果军乃是湍急流，
冲毁山角之大河；
果军乃是炽火焰，
烧尽草木之根本；
果军好比阎罗王，
残杀敌军无慈悲。

喂喂岭儿贪心者，
前方白人骑白马，
后有红人骑黄马，
傲慢英勇示威者；
雄鹿炫耀犄角时，
就被猎人利箭穿；
金鱼殿耀疾速翼，
便被渔夫铁钩钓；
还有大将如雄狮，
炎炎烈日熔雪山。
喂喂两个命尽者，
急急匆匆夸武力，
想死可以共埋葬；

马儿欲驰头乱摇，
三械如刺绕四周，
谁知能否保住身。
今天上午之时日，
你们若是不交出，
玉郭妥拉美巴将，
这些岭部分支军，
犹如冰雹打青稞，
不做此我女子尸。

听懂充当耳甘露，
不懂不会再吟唱，
请你两人铭记心！

唱完，达郭拉赞便拔刀逼近，岭部超杰毕玛在吉祥白铜色黄额马上踩镫立马，紧握刀鞘，刀环套在手指上唱起此首豪猛短歌：

唵嘛呢叭咪吽！
阿拉歌声做供养，
塔拉为歌之结果，
任运救度向极乐，
苯子诸师请明鉴！
威姿恶咒幻术力，
专注救护达戎子！

扎玛顿赞地方神，
红色发辫红幡矛，
营救壮士快而准，
红色冰雹降又降，
白马步法稳又快，
披风如火飘而燃，
九种红色围绕神，
今天专注助我军！
白岭阳神命运神，
战神威玛护法神，
如影不离助我军！

不知此地是何方，
都叫莲谷上纳扎，
白岭军的东北部。
血海沸腾的右方，
勇士虽未得自由，
青壮犹如虎纹增，
黑白花色三部落。
达戎军营之基地，
各部将军之精英，

超杰毕玛我名扬。
若不告之其来历，
是内是外无法分。
父亲生有几兄弟，
此地河山怎称呼，
蛮族妖魔是何等，
神鬼非人又是谁，
不知父系和母系，
如同愚夫喝凉水。

最初人类之历史，
不同种族有几个。
佛陀意化修行依，
以及菩提大悲者，
三者称为三时佛。
有权有势之长官，
权力富贵谁最大，
享有名誉谁最响，
此乃称为权势官。
第一聪明才智全，
第二思想计划深，

第三伦理道德知，

此乃大智大谋者。

容貌秀丽身材好，

智慧财富均齐全，

能干殷勤都具有，

此乃称为父贤女。

威武勇猛通六艺，

争战进退有分寸，

说话干净又利落，

此乃称为青壮男。

善于奔跑和驰骋，

体态毛色很标致，

此乃称为好骏马。

进攻撤退无分寸，

逞强人死马又倒。

美丽岭和紫色果，

无需争执谁管谁，

不能迎战勇士者，

如同胆小之狐狸。

喂喂果部之孩儿，

称达郭多旦拉赞。
有句明理谚语说：
自大自高自恋者，
我们拥有一切者，
此乃称为傲慢士。
三械宛如手持刺，
若遇敌人迎战日，
毫无益处如手饰。

假使英雄不挥刀，
刀剑不会自行动；
倘若骏马不饲养，
野驴无法成家畜；
若是两人不一心，
不会成为终生侣；
如若不供不下施，
岂有引导救怙者；
倘若急病不诊断，
六味良药无效能。

如是白岭军首领，

达戎超杰毕玛我，
虽然未去紫色果，
通晓果部之历史，
热洛顿巴坚赞师，
元老也是佛上师，
佛法加持无错误，
具有修行证验者，
通晓来世清净界。
此师膝下狼崽们，
乐于杀戮等罪孽。
有的好比山上狼，
等着羊儿来杀之，
不知善恶只区别；
有的宛如水中鱼，
畅游大海不知足，
敢往海边游玩者，
最终必落渔夫手；
有的如同小红狐，
地鼠老鼠无尾鼠，
嘴玩手玩吞吃者，
弱者受于压迫者，

病残施予苦难者。
有的好比羌塘盗，
贪抢别人之财物，
谎称高位之长官，
不会秉公断案件，
事情真假不知晓。
有的好像食草兽，
见到好草就吞尽，
见到甜水饮干净，
看见武器就心惊，
战时争抢躲藏洞。
有的如同无耻官，
看见财物不要命，
所贪之宝可到手？
所想之位已达到？

果部自视高位者，
权位不高自下堕，
权位下降自造成，
自己砸了自己头，
本部失于敌人手，
权势地位消殆尽。

喂喂果部青壮儿，
贪婪想要背大山，
一口饮尽大海水，
双臂摇撼须弥山，
所想之事难如愿，
是否如此自掂量。

面前这位赤面将，
今日上午之时分，
或者比试长柄矛，
或者比试箭之快，
要不比试宝刀锋，
是否如此果部儿？
果之青壮英雄们，
以为英勇血洗岭。
双雄齐聚相斗时，
头上盔缨或失落，
如此比喻野心者，
切勿再战要自控。
如果不能控自身，
果儿你与我二人，
傍晚太阳没落前，

生命时长尺来量，

亦或脖颈血来量。

未现两种情形前，

如果自控则如狐。

我手中之此宝刀，

名叫割铁切石刀。

挥向雄伟高山顶，

金刚岩石也成灰。

砍向青色流水时，

断流犹似架成桥。

阎王魂牌无区别，

并非空谈属实事。

切莫走神速来战。

唱毕，超杰毕玛高举宝刀挥向达郭拉赞头顶。一刀下去，犹如大马铃薯被切开一般，对手被砍下马去。超杰毕玛收取了他的盔缨。达郭拉赞的辅将达玛玉郭看见后，奋勇扑来。超杰毕玛又一刀像砍蔓菁一样把他也砍于马下。两位英雄被杀，果部众人愤怒异常，像毒蛇被刺棒打了一样，带着各种武器围打超杰毕玛。但是，超杰毕玛未受任何伤，玛尼噶热王子、奔巴托拉泽杰和文部朗拉多杰见敌众围绕，上前并肩打击围攻超杰毕玛之敌。他们四将大约杀死了一百多名果兵，鲜血流成了水渠。果部伤亡惨重，败局已定，吹响了撤退的螺号，渡过黄河，返回了自己的营寨。

十四

外道贡巴热杂看见果军失败后，大发雷霆，怒气冲冲来到扎那俄巴卡宗修行洞，鼓动在此的罗刹、魔女、鬼魂等黑暗厉鬼一同加入战争，他自己则刹时变为一条九头毒蛇，犹如一道大桥横跨黄河，盘绕起来像一座小山，缠身于达戎营部，它用毒舌毒死达戎百余士兵。

于是，东方金刚类空行母、南方宝生类空行母、西方莲花类空行母、北方不空成就类空行母、中央佛陀类空行母等五种姓空行母由众多空行簇拥而来，空中布满彩虹，彩虹之路上，空行们有的骑狮子，有的骑龙，有的骑大鹏，有的骑虎，有的骑龟，光芒四射，并肩而行。彩旗随风飘扬，鼓、铙、海螺、唢呐、鼗鼓和铃铛发出的各种音乐声，以及空行母吟诵的哌声和吽声响彻天空。东方金刚母身色白皙，体显光芒，身着白色云裳，白色绸缎飘飘而动，头戴白色五佛冠，面如十五皎洁月，四周环绕各类空行母，天空如泼洒冰雹般，其声犹如雄狮在咆哮，其状犹如巨龙在绕动，其态犹如猛虎在跳跃，又如大鹏在飞舞，千姿万态布满苍穹。

东方金刚空行母右手持九股金刚杵，高举向天空，霎时，幻显出一只头顶鬃毛纷纷、顶宝光芒万丈的大鹏鸟，鸟喙与利爪三尺多长，毛羽丰盈，双目放光。它在毒蛇上方俯视着，然后以空行之音“勇武魔诛”调唱道：

喻嘛呢呗咪吽！

阿拉塔拉塔拉歌，

阿歌尊为佛之门，

愿佛光阳普天照！

孽障如空消干净，

幸福传遍四洲地！

下至地狱十八层，

上至世间天神境，

造就成为人肉身，

安守佛教之本理，

如是祈祷众天神，

佛像佛经佛塔佑！

东方金刚众天神，

敬请天女亲临此，

身着白色之法衣，

白色绸缎飘飘然，

黑色毒蛇化为灰！

南方宝生空行母，

身着黄色之法衣，

黄色绸缎飘飘然，

金色五冠耀灿灿，

万千空行绕周身，

空行之音轰隆隆，

头顶暴风呼呼啸，

黄色之龙跨身下，
今日天女请助我，
灭那黑色毒蛇魂，
贡巴热杂降为俘，
三界命主黑色鬼，
阻碍佛光普天照，
今日化为粉尘土。

西方莲花宝座上，
大鹏鸟儿具羽者，
空中风儿如刀切，
顶珠上方照光芒，
四脚碾压须弥山，
喙啄毒蛇断其身，
吮食毒蛇之血肉；
西方莲花空行母，
十万莲花拥四周，
红色莲瓣飘飘然，
赤红云霞披其身，
左持檀香拨浪鼓，
右持白银精制铃，

黑色毒蛇俘为虏。

北方帐营四部队，
冷风呼啸吹大地，
吹得草木萧萧声，
北地砂砾沙沙响，
棕色骏马扬尘土，
牦牛斗角撞大地；
犹如羊粪之山巅，
今世业缘空行母，
十万龙女绕四周，
蓝色绸缎穿身上，
绿色头巾缠头部，
松石鼗鼓持右边，
璁玉铃铛持左边，
青云湖海波涛涌，
千年龟王为坐骑，
今日前来助我军，
斩断恶魔黑毒蛇！

于是四面四空行，

请勿放弃四方敌！
中央佛陀清净土，
布达拉之无量宫，
赤色三角修行洞，
金色阳光照大地，
左边月亮远处控，
护法天神似火焰；
如意跏趺草垫上，
身披金色柔软叶，
十万菩萨四周拥，
敬听二十一度母，
护佑禅修之刹土，
传承教法之宫殿，
今日速来助我军！

统治三界之天女，
杨柳宝宫之殿堂，
阿琪曲吉卓玛神，
红色万宝大殿中，
吉祥天女护法神，
玛吉世间之天女，

十万天女四周绕，
今日前来助我军，
征服九头之毒蛇！

恶魔贡巴热杂他，
化为虹光无根本，
销声匿迹为灰烬，
咯咯嗦嗦善神胜！
上之阿里三围地，
益西康卓措杰等，
中间卫藏四翼地，
成就空性空行母，
朵康地母十二尊，
世间吐蕃之众神，
吐蕃十三古拉神，
北方圣主七十神，
蓝色七十五法神，
地府阎王死神等，
快快幻化来此地，
将把恶敌来降兜，
佛法之敌毁为烬，

无论何处恶魔教，

今日将他化尘土！

咯咯嗦嗦供诸神，

咯嗦召唤世间神，

咯咯嗦嗦善神胜！

歌毕，空行、勇行护法神、战神威玛等众神像云朵一般出现于天空，铙声、空行声、擂鼓声顿时响彻天际。天神兵在空中手持斧头、刀剑、索绳、锤子、人皮鼓、空行吉祥绳等物，像大地卷暴风般布满莲花上纳扎草原东北角。外道贡巴热杂的化身九头毒蛇如同鸟翅被火烤烧，发出阵阵哀嚎之声，哀嚎声回荡于山间。此后，贡巴热杂变得非常弱小，忏悔过往，因自己之罪至使千军万马丧命而内疚，于是逐个在古拉十三神、世间九尊、朵康地母十二尊、上阿里三围、中卫藏四翼红黑护法神等膝下祈求饶恕，并立下不变誓言。随后他在寂静禅洞中化为口喷恶臭气味、双眼似蒙上灰尘、身如干尸的老头一样，奄奄一息。众神为死于战乱的达戎将士诵经超度。其余年老英雄、勇士都安然无恙，各自就位。总管戎擦查根因内心愤愤不平，欲与贡巴热杂一争高下。左列上座之首位上、头戴珍宝高帽、肘缠珍宝套索、身穿高贵绸缎、铠旗插于头盔、胸垂三千世界明镜的连巴诺布曲杰说道："若要顷然消灭果部兵马，我去！"遂以豪言调唱了一首立誓出征之歌：

唵嘛呢叭咪吽！

阿拉乃是歌唱法，

上师本尊三宝佛，

由衷祈祷诸神圣，

予以慈悲加持我！

蓝色苍穹之顶上，
天神白色梵天王，
世间藏族命运神，
众位上师之供主，
今日前来助我军！
中间须弥雪山上，
红色城堡之左边，
红色鹿角亮晃晃，
灰色鹞鹰头上飞，
暗红老虎右边牵，
雪白豹子牵左边，
各种野兽毒蛇等，
盘旋之鸟如雪花，
禽类展翅隆隆响；
成年牦牛十三头，
相互顶角舞蹁跹，
怒吼舌头在飘摇；
白岭世间阳神们，
今日前来助我军！

地下龙王之地界，
蓝色玉湖之彼方，
三层玉座之上面，
璁玉分髻之男儿，
头带玉制之璎珞，
腰束玉制之兵器，
今日前来助我军，
恩赐成就之宝藏！

不知此地是何方，
莲谷纳扎之弯腰，
白色神帐之里面，
白岭英雄之中列，
虎皮毡毯之上面，
我乃岭部之男儿，
父亲称作戎擦王，
母亲诺桑贵夫人，
我是连巴诺布儿，
讨敌诛寇之精髓，
白岭人的福运星，
众人希望之圣人，

虎皮毡毯之上面，
上座长官之中间，
百部落之寄望者。

于是富饶之岭部，
自从去年今时段，
上方白岭紫色果，
从来毫无聚争点，
此等争端从何起，
定是果部那亲属，
欺压弱小而引起，
头顶发间系缰绳，
两只耳朵视坐垫，
强制控住我头颈，
马鞭不计抽我身，
说要强割我土地。
无能弱小之住地，
部落所有之男人，
格杀勿论血成渠，
岂能忍受此凌辱！

古老谚语如是讲：
福气若在山顶上，
光靠挥手不可得；
灾荒压迫若下面，
跺跺脚也不会跑。
注定命运不可变，
就像皱纹不可擦，
前世注定其命运，
今生奄奄一息间，
傍晚夕阳落山时，
小小村庄淹没日，
三时已定不可返。
聪明灵巧之白岭，
就在昨天之时间，
达戎军营被蛇围，
百名男人被咬死，
如若不为洗雪耻，
不将贡巴热杂他，
寄于狂风呼啸中，
连巴宛如干尸体，
我也不需后备军，

英雄独挡一面旗。

岭部勇士此神子，
腰束三械去征战，
并非有意讨伐之，
自从咿呀坠地后，
已是敌人之克星，
满口牙齿已成熟，
长官引领和扶助，
佛陀祷告和祈福，
吉祥岭部之事务，
除此之外无业因。
白岭神部勇士们，
如若死亡有何怨，
或是佛教之事务，
或是众生之事务，
或是个人之名位，
都是前世之业缘，
无有逃避之地方，
秉公办事之长官，
属民推向幸福路，

繁荣美满之部落，
人人向往梦寐求，
上师长官和富人，
自行轮番行善事，
不讨也会自然来，
他们不需助援者。

我要去往果部营，
就像圆环转圈圈，
犹如作画画万符，
攻战犹如炒青稞，
又如斧头砍树木，
如若不为非英雄；
骑在胯下之宝马，
如果不能行千里，
喂水喂草有何用；
系在腰间之宝刀，
假使不能砍万物，
爱惜此物有何用；
千辛积累之财富，
家破之时无用处，

吝啬之举是饿鬼。
如是岭部神子们，
莫等同我去作战，
我要奔赴战场去，
如同疾鹰之骏马，
立即备辔备鞍垫，
带好三械穿铠甲，
攻破敌宫速返回！

听懂歌儿当甘露，
不懂不会再解释，
但愿父辈如此想！

唱完，连巴诺布曲杰在绫罗绸衣上套上银甲，用丝绸将头发盘起，百战百胜白色头盔上插上天空之子雄鹰羽毛，拉紧铠索，左右佩戴弓箭，腰束宝刀，肘缠套索，矛戴护套，备上鞍鞯，系好脚蹬，准备出发。

杰瓦伦珠、维玛拉达和达戎长官斯潘等人拉住缰绳，再三劝道："您不能这样冲动，请下马安坐，要去我们三人一起去攻打，但今日运势并非很好！""你们老少说得都对，但男儿长大就是为了出征，马儿长膘就是为了远行，只有如此才能建功立业，别劝我，我已经准备好了。"他边说着边往前冲，一心想要去出征。无奈之下，贡巴布易查恰、达戎朗卡坚赞、白利多杰桑珠、索南杰瓦伦珠每人从各自营中征集二十名兵马，总共约一百兵马，像老鹰步入草原般，渡过黄河直奔果部军营。

当时，恰纳贡巴热杂因之前受了惩罚，迷迷糊糊，神志不清，虽然在山洞里感知到情况心神不宁，但也无可奈何。果部阿琼玉杰达玛、旦真多杰、南杰扎巴、曲江达杰等看见百余兵马像暴风一样正从果部军营西边奔来，不知是何人，遂立即骑马，佩带兵器，迅速赶往营门，正好迎上这些不速之客。果部将领朗卡多杰踩镫立马，唱起一首恐吓之歌：

唵嘛呢叭咪吽！
阿拉塔拉是阿拉，
塔拉是种歌唱法。
玛域金刚山川中，
不同山神十八种，
阳神战神守舍神，
山底山口阴阳面，
四处都有上阳神，
红岩堡垒之上方，
赞郭食肉威猛鉴，
龙魔红心黑鸟鉴，
挖出敌心食其肉！

不知此地是何方，
莲谷纳扎大草原，
千溪百川聚集地。
不知我是何许人，
外部上部千部中，

千部部落之长子，
朗卡千胜万胜者，
母亲为我取名叫，
索朗多杰伦珠儿，
任何英雄都敢战，
获得万胜英雄名，
我是五部之首领。

喂喂请听岭部儿，
岭部自诩强势者，
无耻儿子如狐狸，
此乃是喜或是忧？
崎岖沟壑之下方，
波涛汹涌之大河，
捕捉鱼儿变敌人。
野川草地三岔口，
狐狸看见温顺雕，
奔驰速度如疾风，
老鼠地鼠来扶助，
错为老虎在追赶。
南谷毛驴长耳朵，

喘着粗气向前跑，
高昂头颅比骏马，
其实幻觉而使然；
清凉大城之下方，
年轻美丽之少女，
妖言诱惑众男儿，
油腔滑调喜笑颜，
唱起幸福之歌儿，
哭诉不幸苦衷言，
此等岂能去相信。

无耻之徒岭部儿，
要说大话嘴上说，
你等不可立门户，
不如今日在此地，
看看岭部五狐狸，
是否英勇能善战。
毒火燃烧之毒箭，
大力勇士挽弓射，
离弦毒箭射十里，
若不射穿敌心脏，

挽弓射箭无作用，
今日弓首由神护，
弓腰赞和阳神护，
弓尾鲁和泰让护，
敌人头颅射落地！
此时不需多说话，
我像罗睺头顶飞，
你从铁城上飞来！

听懂歌儿铭记心，
不懂不会再咏吟。

唱完，朗卡多杰连续射箭，一阵挽弓离弦声后，密雨毒箭纷纷射出。连巴诺布曲杰之胸侧被射断了铠甲上的七根连线，因为那天恰巧是魔兴旺日，身体有所受伤。于是，连巴诺布大怒，拿起弓箭向敌方射去，朗卡多杰被射下马去。连巴诺布趁机拔刀割下其盔旗，其他士兵便灰溜溜逃散。果部阿琼王与岭贡巴查恰迎面对战。阿琼王说道："呀，请听岭部男儿，我立誓绝不会让你迈出三步！"于是他取下矛套，矛尖火光闪闪，以豪言辱骂调唱道：

唵嘛呢呗咪吽！
唱首阿拉阿拉歌，
塔拉是种吟唱法。
自从诞生那天起，

不得不依各路神，
依靠极喜神尊前，
力大无比无对手，
主宰世界且胜任，
行为依于黑外道，
财宝奢华之主人；
龙女萨堆纳布尊，
财产加持之主人；
凭依鲁堆罗睺罗，
乃为三界之统领；
行为依于赞泰让，
杀身取命之主人。
青壮十三赞神鉴，
索塔赞郭地神鉴，
十万食肉饮血绕，
今日需要助我军！

不知此地是何方，
莲花谷地上纳扎，
五沟汇聚之岔口，
测量寿命长短地，

测量马速之平原。

不知我是何许人，

达玛果部之地方，

十八部落之领袖，

人称阿琼王朗卡，

犹如玉龙名声扬，

恰似火翼之利箭，

名声宛如闪雷电，

力大罗睺如破晓，

地水五大自由控，

罗睺一般之英雄，

风力一般舞三械，

火焰炽耀之路上，

树木花儿不生根，

江河波涛汹涌地，

黑色断岸不牢固；

霹雳冰雹狂降地，

小农收成不牢靠；

狼群出没之地方，

公羊母羊无处躲；

威猛老虎悠闲地，

谁敢来碰食血肉。

喂喂岭部狐崽们，
今日上午之时日，
战马齐步待出发，
士兵并肩赴战场，
锋利三械亮晃晃，
血染果部军营城，
六十男儿血染地，
五位勇士断头颅，
狼崽吃肉食饱日，
闲逛山嘴向天叫；
奸人敛财食饱日，
富人门前恶言语；
少女敛财食饱日，
街道中央唱福歌；
僧人讨斋食饱日，
大街路上等娼妇；
老狗吃粮食饱日，
铁链底下乱吠叫；
壮士迎战敌寇日，

小儿拿刀瞎挥舞，
左寻右觅逃亡路；
阿琼天王在世间，
脚印无处不遍及，
阿琼辽阔之海洋，
无处不纳千百川，
阿琼赞拉之财神，
无处不收众财宝！

今日上午之时日，
让你三步我如狗，
选定对手碰面日，
黑毒食肉银色刀，
森林火炬灰色矛，
轰雷红岩赤色箭，
喜欢何物任你选！
我于今日矛尖端，
如若流星划天际，
山顶滚石落悬崖，
五人并肩齐相连，
汉地镰刀割麦穗，

是或不是候片刻！

听懂铭记在心间，

不懂为何再吟唱，

愿你记在臭心间！

唱完，阿琼王准备冲过去，这时，贡巴查恰在马背上晃动了一下，说道：“呀！你这狗崽果部王，乞丐儿子成为王，满嘴恶语还有什么话好说呢？满嘴谎言，正如女人想骗男人，土匪欺骗长官，佛被背誓妖魔蛊惑。”说完，便以狂风刮经幡之调唱道：

唵嘛呢叭咪吽！

唱首阿拉阿拉歌，

塔拉是种吟唱法。

头顶日月宝座上，

恩重根本上师鉴！

上师本尊三宝佛，

一生引领请救怙！

此地部落心向佛，

犹如母亲之众生，

一切立即救苦海，

祈愿身安万事福！

敬一敬二敬三神，

祭神应从头顶祭，

三十三神之宫殿，
永生之躯着白衣，
右手紧握白晶刀，
左手平端珍宝盘，
三界众生保福安；
中界年神之宫殿，
年钦古拉格佐鉴，
击败黑色之妖军，
愿能兴盛正法教！
下界白龙女护佑，
顶上珍宝龙王等，
高原藏人之护主，
恩赐玉帛成就物，
愿能锦衣玉食足，
此生济救财宝神，
今日扶助我英雄！

不知此地是何方，
赭色黄河之渡口，
江龙塘之平原口。
不知我是何许人，

见者皆喜岭部地，
各大部落如星星，
正直长官日月辉；
世界温暖之家庭，
太阳之外再没有；
消除黑暗之灯烛，
三界上师再没有；
业缘因果之正义，
白岭君臣再没有，
黑色妖军之欺压，
四面八方转佛法，
圣地吐蕃之核心，
亦是佛法之顶髻。

喂喂听着果崽们，
不知高低果崽们，
兄弟亲疏甚不明，
焉能分辨敌和友！
根据古时谚语云，
上师转动法轮日，
妖魔渝盟来辩经；

领主垂令所及处，
无拘小偷言恶语；
病疫鬼怪饥寒三，
鬼魅罗刹满山谷，
可有知否魔子们？

美丽岭部之权势，
果域上部不可攀，
虽有相似焉能比！
有句古老之谚语，
欲望若比山还高，
得之只有一碗水。
长官若是狡诈人，
部落散尽之根本；
高傲自是之女孩，
满城绯言不可交；
幼马捕捉风速者，
是想四肢碰石头；
男儿狂妄心切者，
是想自身被血染。

我乃贡域之上部，
八大部落之核心，
贡巴之子叫查恰，
优秀上师之祭师，
修行证悟未失误，
明辨真假无过错，
福德运气无所失，
上世积累之福分，
诛杀敌人之屠手，
不是何人皆能比。
正如黄金之价值，
镀金黄铜焉能比；
赭色银子之流通，
铅和白银焉能比；
白岭英雄之对手，
食肉恶魔怎配做。

果部上师热杂他，
数千官兵驮翅上，
降在吉祥岭寨营，
最后自败讨苦吃。

白岭阳神和战神，
藏地两位命运神，
具足福气之岭人，
看似相同实则异。
喂喂果部英雄们，
跑马如那冰雹跳，
挥刀犹似抛石头；
灰色长矛之矛尖，
好比旗舌风中飘，
今日英雄当面对，
谁是好汉今日晓。

听懂果王铭记心，
不懂不会再解释！

唱完，贡巴查恰举起宝刀毫不犹豫地向果部达郭查赞头上砍去，红彤彤鲜血直喷天空，瞬间，从头顶到脊背将其劈成两半，然后取下其战马、马具、头盔等，咯咯嗦嗦之声响彻天边。

见此情景，双方混战起来，德拉多杰赤赞像滚石般冲向神子朗卡珠杰，如公羊争斗一般，刀剑在铠甲上掠影闪烁，过了一顿茶时间也未分出胜负；贡布德拉赤赞挥刀砍向果部达郭奔杰，刹那间达郭奔杰之头落地。

果军受挫，不敢再次发动进攻。岭军得胜踏上回营之路，将战场上英勇牺牲的烈士尸体护送回家，烧其衣甲，为他们举行三天三夜的诵经超度。

尼奔上师为首的三百多名巫师、占卜师、历算师聚在一起，吹奏海螺、笛子，举行了一次隆重的超度法会。相反果部则哀声遍野，束手无策，再加上父王热洛顿巴坚赞又正值修行期间，也不能出谋划策。

“战争对于人民没有一丝好处，昨日又牺牲几位壮士，总管之子也负重伤，因为岭部的上师、占卜师、历算师等无与伦比，连巴诺布曲杰免于一死。我感觉果岭将要打持久战，从今开始大家都要保重身体，养兵蓄锐。”果部长子南杰扎巴看见眼前一片烦乱的景象，手足无措地说道。此时，上师贡巴热杂在修行洞中正修炼制作如山般黑咒自燃法火食子。他心中想：如果我修炼圆满二十一天，就可以将岭部如羽毛火烧般毁灭。

在岭部，上师尼奔修行到十日之时，莲花生大师降临岭部，对尼奔上师说道：“你念诵玛吉拉珍教法和举办许多福寿法事，渐具威力，时至念修驱魔朵玛之际，要及时办理此事，不可耽误。再过十日，恰纳贡巴热杂将向岭部投掷朵玛，欲摧毁岭部，而今是你俩争分夺秒的时间，你要设法防止他的袭击。”

之后，尼奔上师向上至天穹、中至空中、下至大地的众神做了隆重法事。上师、僧人等三百余人敲鼓吹奏、献哈达等向护法众神祈福，然后将朵玛对准贡巴热杂的修行洞，以吽哌声响彻天际之势唱起了呼请天神鲁神之歌：

唵嘛呢呗咪吽！

高呼咯咯嗦嗦嗦，

咯咯是神的呼声。

咯声三次之求叫，

是向天神在禀报；

嗦声三次之求叫，

是向天神在颂扬；

布满天空天兵嗦，
驻扎空中年兵嗦，
行走大地鲁兵嗦，
嗦嗦颂扬天地神，
神鲁年神土地神，
不胜枚举遵令众，
本尊勇士空行母，
愤怒八部之护法，
雪域世间之众神，
维护佛教之圣贤，
前来辅助尼奔师！

敬上供奉之物品，
药木衣物各种类，
黑白杂色等三种，
糌粑酥油乳酸等，
茶酒献新与甘露，
大之朵玛堆如山，
小之朵玛如丘陵，
供水宛如献湖水，
供花犹如献彩虹，

如意食物之供奉，
不计种类很丰富，
敬请诸神来加持，

上师本尊佛三宝，
布天空满众神中，
白色天神大梵天，
百万天兵四周绕，
部众三百六十拥，
颂神天音响天地，
众神常驻时光中，
神旗飘扬如暴风，
祥云法衣飘飘然，
今日前来助岭部！

中部年神之宫殿，
年钦古拉格佐其，
黄人金色甲盔者，
金色绸缎披身上，
十万年兵四周绕，
三百六十年众围，

侍从部众如海涌，
鸟类羽翼轰隆隆，
牦牛磨角亮晃晃，
禽兽奔驰如浪涛，
九十九万战神拥，
今日此地来相助，
供奉桑烟敬美酒。

海底珍宝之谷底，
湛蓝海水之堡垒，
额缠绿巾之少年，
蓝色水绸穿在身，
千万鲁兵四周绕，
荣华富贵宝藏主，
顶宝邹那仁青王，
近喜安止等龙王，
护螺龙众四周拥，
富贵宝藏之主人，
鲁界十八大疆域，
贤弟鲁雏维丹主，
今日此地来相助，

供奉桑烟敬美酒！

嗦咯嗦咯供桑烟，
吐蕃古拉十三尊，
上之阿里三围听，
敬请雪山之主听，
上师毗如遮那听，
译师玛尔巴敬听，
米拉日巴尊者听，
热琼多杰扎巴听，
中之玛旁雍措听，
药湖女王宝主听，
红白瞻巴财神听，
阿里三围方神听，
念青唐拉护法听，
北方纳木错湖听，
空行业缘旺姆听，
南方羊卓雍措听，
红黄瞻巴财神听，
东方金刚空行听，
南方珍宝空行听，

西方莲花空行听，

北方业缘空行听，

中央佛类空行听，

今日光临煨桑地！

七十五位怙主听，

吉祥敌咒天女听，

直贡阿琪曲珍听，

空行智慧先知者，

姑母贡曼杰姆听，

古甲嘎姆姑姑听，

大母多杰帕姆听，

今日煨桑供奉之！

下部朵康六山处，

东方玛卿雪山听，

玛多赞拉十三听，

玛盖九连高峰听，

玛麦智慧空行听，

觉沃觉青东热听，

觉沃牟尼拉赞听，

南部戎拉坚赞听，
今日供桑烟等奉，
供奉诸神居住地！

吐蕃四大神山之，
众多神仙请听我，
男人战神请听我，
女人食神请听我，
柏树等品来煨桑，
自身心中各供品，
幻化实物供奉您，
随之神鲁地方神，
上师弟子和部众，
蒙蔽敌人而前来，
跨越火海而前来，
击灭火花而前来，
擒拿妖魔而前来，
活鬼死鬼等一切，
朵玛放咒驱敌人，
泰让驱逐至山洞，
火风水种化威力，

将恰纳贡巴热杂，

山洞里面化灰烬！

唱完，大家合力将朵玛投向东南方向，只见空中划过一道红光，落在贡巴热杂的修行洞内。贡巴热杂逃到黄河下游的玉龙三岔口的一座像食子一样的石山上，束手无策。其部众妖魔罗刹被消灭殆尽。因为贡巴热杂的肉身已被火化而灵魂无法投体，更不敢直视岭部，便游走在汉地边界，七天七夜未能果腹，饥肠辘辘，法力消尽。

岭营四周的山神等为了招示吉祥，在天空降下花雨，显现虹光。上界之神、中间之年、下界之鲁、威玛战神、护法神、空行母、山神等众神沿着虹光而归。

于是，岭人煨桑，香烟升空，弥漫空中，摆列白祭红祀、种种食物和各种绸缎，三白三甘、彩箭、明镜等供品琳琅满目。众人祈福诸神，欢送众神。

十五

此后一段时间，果部呈现出各种不吉祥的征兆，山顶土塌岩崩，深山穷沟里忽然出水，有的村落被洪水淹没，有的村落被岩石压埋。正在闭关修行的热洛顿巴坚赞心想：“呀，果部出现这么多不吉祥的征兆，肯定是岭部施放诅咒的结果。如果果岭之间的矛盾不和平解决，而只能用咒语等暴力方法，那谁能对付得了呢？”正在他焦虑不堪、集中精力观想其事时，十五日夜晚的西方涌现出五颜六色的虹光，照亮了寝室和如意宝宗堡的无量殿堂，促使护法神纷纷前来，原来是莲花生大师在阵阵杵铃声、鼗鼓声、唢呐声等乐器声中沿着虹光亲临此地，以金刚自鸣调唱起指令歌：

唵嘛呢叭咪吽！
唱歌供奉根本师，
祈祷怙主观世音！
再歌供奉释迦佛，
愿能获得福禄寿！
三歌供奉空行母，
未知预言畅无阻！

供奉阳神和战神，
业缘权福自兴旺，

强劲敌人毁如烬！
供奉至尊圣度母，
供奉佛祖空髻佛，
愿千佛之众弟子，
时常守护诸众生！
吐蕃世间成诸神，
供奉东方金刚母，
供奉南方珍宝母，
供奉西方莲花母，
供奉北方事业母，
供奉中央佛陀母，
供奉五部智慧母；
普陀神山之净土，
千尊佛陀之主尊，
千手千眼之佛祖，
十一面观音明鉴，
供奉莲花观音佛！

不知此地是何方，
果部宝藏莲花宗，
玛域草山之下方，

玛域雪山之下游，
莲花圣山修行洞，
神圣喇嘛宣佛法，
自有甘珠丹珠经，
尚有自然护法神，
每一圣山住一神，
乃是守护佛法神，
护法亲依上师我。

我的情况你明了，
日月星辰空中升，
世代转变其不变；
青龙云雾和雨水，
季节变更其不变；
深海鱼蛙和蝌蚪，
水势改变其不变；
上师施主和徒弟，
世代变迁其不变；
长官大臣和部众，
战乱纷争其不变；
白岭上部和果部，

会有变故很难说。
我住西南之方向，
此时不得不来此，
来自吉祥铜色山，
为降服男女罗刹，
并非要其性和命，
食肉吮血罪孽重，
做我三徒以慈护，
世末自然成法身。

不知此地是何方，
此次亲临来此地，
目前我们师徒俩，
不为来世守当下。
如要比喻将如下，
好比杜鹃门隅来，
柏树枝头鸣三次，
不是炫耀其歌喉，
而为夏天降细雨；
如果植物不茂盛，
一切众生怎么活；
南方山谷之天鹅，

幸福季节到北方，
纳木措上展翅翔，
湖冰融化时期到，
江水汹涌浪花跳；
邬金莲花大师我，
西方魔域来果部，
热洛顿巴之上师，
严守誓言因果地，
虔诚皈依上师地，
顶礼祈求加持地。

是故热洛顿巴你，
无法安然享生活，
果岭两部发战争，
为何无故互杀人，
已至最终确定时，
日久梦多变季节，
上方天神之神通，
中间年神之力量，
下方龙界之财宝，
权威财力兴旺地，
声誉卓著福德旺，

神咒自然除暗昧，
不久与岭结盟约。
在此之前之时日，
长辈之间无誓言，
兵马纷战无益意。

如果果部不归岭，
瞻部洲之尊主位，
四方四大宗城堡，
十八敌寇之宗城，
大小城堡不计数，
大中小部之城堡，
都用武力归其辖，
那时果部没办法。

果岭长辈要攀亲，
是否听懂热洛儿，
一生修法之目的，
何需罪恶与波折，
凭借闭关修佛恩，
始终坚持修三身，

化身报身与法身，
时时不离此三身！
美丽岭和紫色果，
争起无聊之纠纷，
望能三思上师语，
希望讲给弟子众，
上师教导不会错，
绝无丝毫之欺诈。

听懂上师意如愿，
望徒弟能如是想。

歌毕，天空中响起悦耳的鼓声、海螺声、唢呐声等乐器声，莲师踏着空性虹路前往西方魔界。于是，热洛顿巴坚赞执笔写了一封信，传令果部上中下各部落从今以后不再与岭部发生战争，要和睦相处。

此时，岭部军营也平和宁静，一片安然。一天，总管梦见羊圈里走出狼，山羊圈里走出豹子的情景，不知道这是什么征兆。总管之子连巴诺布曲杰受了重伤病，但通过神力、圣物的治疗，尤其通过神水和药水以及圣水的加持后，身体康复如初，犹如天神充满活力。有一天，众人集会时，他未向父王总管请教，而是直接向儿子朗卡顿杰问道："果岭争斗未息，为何给敌人休整之机？"达戎超杰毕玛、贡巴查恰、白利尼玛坚赞和噶明久拉乌达布等人异口同声答道："已经这样了，还有什么办法？"接着右列首座的噶明久拉乌达布从虎皮垫上站起，手捧两条哈达，分别献给戎擦查根和僧伦王后，以风翅骏马调唱了一首充满英雄气概的歌：

唵嘛呢叭咪吽！

唱首阿拉阿拉歌，

塔拉是种吟唱法，

盈满天空神兵鉴，

莲花顶髻诸神鉴，

盈满空中年神鉴，

护佑三械护身甲，

遍布大地鲁兵鉴，

风驰电掣护骏马，

战神威玛护法鉴，

愿将敌人皆征服，

恩重根本上师鉴，

邬金莲花大师鉴，

千手千眼观世音，

法轮化身上师鉴，

法身无量光佛鉴，

报身大悲尊者鉴，

化身手持金刚鉴，

望三怙主[1]请保佑！

1　三怙主：分别象征佛陀的慈悲、智慧与力量的三位菩萨，即观世音菩萨、文殊菩萨与大势至菩萨。在藏地佛寺中多有组合供奉。

不知此地是何方，
名叫莲花富裕谷，
赭色黄河之渡口，
击败敌人建功地，
归者嗅味缠身地，
男儿自诩勇敢地，
自吹权威高昂地，
自称英雄豪迈地，
自吹马儿最快地。

风儿咆哮之速度，
再快骏马也难追；
大鹏鸟儿之风翅，
黑色老雕怎能比；
天空霹雳闪电疾，
竹箭怎能来比试，
不如盘踞各营地，
安然享受自生活。

男人腰间之三械，
必配盔旗和绫罗，

首先头盔适于首；
备好适身之铠甲，
先要铠线适于甲；
此地乃是干戈场，
先要鞍辔适于马，
有声厮杀之呼唤，
军马头颅更高昂，
配备齐全更勇猛。

请听岭部各部落，
我有很多话要说，
我的情况众知晓，
叫明久拉乌达布，
珍宝六部之精华，
噶智金色之太阳，
并非任何甚官员，
父辈之中威望高，
婶嫂们之宝贝儿，
各个部落之榜样。
我明久拉乌达布，
若要比喻将如此，

乳水养育之男孩，
如不完成父母计，
盛装绸缎身如冰，
天天吃肉如饥荒；
好马饲料来调养，
如在千里途中倒，
骏马再好乃废物；
身美肤好之美女，
不能嫁入显贵府，
百男脚步不停追，
能将气疯当家人；
如是养育小男孩，
不为岭部撒鲜血，
列入英雄有何用。

请听岭部勇士们，
明久拉乌之想法，
美丽岭和紫色果，
其实最初不应争，
争后不能分胜负，
好似山顶之经幡，

风吹雨打烈日晒，
最终褴褛被风吹；
汹涌江河之桥梁，
如果敌客不让过，
烂桥只能做火薪。
所以岭部勇士们，
要么果部为首领，
要么岭部为首领，
两者弃一乃规律，
只能双方决胜负。

明天上午之时日，
我要率领岭精英，
百名骑兵赴果部，
战胜果部连夜回，
若无取胜不后悔，
若有奋勇进军者，
编入我之英雄军。
果部勇猛之战史，
岭部计略英明术，
记入史中凯旋归，

不则妄称男子汉，

那天若有前往者，

齐心协力并肩战。

听懂在座铭记心，

不懂敬请多包涵，

叔伯望能如是想。

听完，总管、僧伦卡玛、赛巴阿琪、文布嘉巴赤赞、穆江杰瓦伦珠、达戎毕玛等都觉得，现在出征还不如家里安心休养为好，因为之前岭部获得过小小的胜利，勇敢的男儿像金堡，为何无缘无故要去拆毁金堡。岭部的英雄应胸怀壮志不同其他人，应该高瞻远瞩为子孙后代谋利益。长辈失策是想失去故居，上师贪婪是想坠入地狱，少女娇扮是想怀私生子，骏马狂奔是想四蹄疼痛，男儿妄言是想召人嗤笑，谁都不同意其观点。但是也有白利尼玛坚赞、噶氏之多吉久美和仁青顿智等人认为他说的话很对，完全信赖他，还有贡巴查恰、文布夏嘎江智、英雄神子嘉查周杰和朗杰多杰赤赞等认为白岭壮士好汉都可奋勇自荐，视死如归，一起出战。

此时右列首座上赛巴长官阿琪讲道："呀，你们说的很对，是个男人应该死在战场上，是个女人应该死在婆家，是匹骏马应该死在路上。我岭部的英雄们，英勇顽强不惧死。但如果发生战争，兵马没有死伤是不可能的。我的想法是，看看时辰，明天、后天，或者大后天，不管怎样要看看这三天内哪天比较适合出征，然后由五名将士，十名辅佐，总共十五名军官率领五百名士兵出征果部，果岭的胜负就看各自的命运了！"

总管的儿子连巴曲杰前几天在阵地上负伤，还受了恰纳贡巴热杂的恶咒之伤。当时贡巴热杂的化身以一股冷风吹进总管的帐篷，钻进了连巴诺布曲杰的胸腔，顿时连巴曲杰身如树叶颤抖，头如小狗吠吠，口中喘息不止，如经幡飘动，似鹞鹰欲飞，像想跑的烈马，又如娇嗲的浪荡女孩，胡言乱语，乱蹦乱跳，一时无法救治。而此时，前列首座黄色金垫上总管公子连巴曲杰，虽身负重伤，仍手捧洁白的哈达一一敬献给在座的每位长官，唱了一首欲将出征的英豪歌：

唵嘛呢叭咪吽！
唱首阿拉塔拉歌，
塔拉是种吟唱法。
劝诫乃是命运神，
真话实例劝诲点，
如果实言不相告，
无法解开心中结，
阳神战神请明鉴，
白岭三尊业神鉴，
勇行空行天母等，
今天护佑戎氏儿！

不知此地是何方，
豪言如渠自流地，
实践风中携走地，
骏马风驰闪电地，
四蹄敲打碎石地，

赭色黄河之渡口，
勇士称雄称豪地，
千言万语聚实义。

春天耕种六谷地，
秋天无果无收获，
不如田地变河床；
杜鹃鸟儿门隅来，
树木枝头亮歌喉，
天上如不降甘雨，
叽叽喳喳空鸣啼；
金冠上师大智者，
如不普度六道众，
骗子鸥枭修次第；
贪婪长官缠头者，
如不依法秉公断，
好似北方之土匪；
白岭父辈壮志者，
谋化战争之策略，
如不建功凯旋归，
谋略水迹风刮走；

度过春天每一日，
若未备足丰富食，
好比流浪之乞丐；
勇猛凶悍之壮士，
战斗若未获功绩，
三械好比狐狸纹；
盛妆巧饰之少女，
若不守住一生伴，
堪比街头之娼妓，
老马长耳如驴子，
如不奔越上下坡，
恰似棘丛长耳兔。

是否正确岭部落，
不能如此闲待着，
上午明天之时分，
头戴坚硬之钢盔，
钢盔定上插盔旗，
身穿适宜之铠甲，
腰携锋利之刀剑，
刀剑装饰美把柄，

右侧腰束虎皮囊，
左侧装好数把箭，
四蹄生风黑鸟马，
备好马鞍踩马镫，
灰色长矛之尖端，
系好彩色之飞幡，
臂肘套好大力索，
肘系套索之铁钩，
准备前往果军营，
犹如野狼冲羊群，
创出一条血路来；
鹞鹰捕捉鸟儿般，
羽毛凭风空中飘；
如若猎人上山去，
杀鹿割角凯旋归，
决无虚言是真话，
决无拖延之想法，
上师教言无顶回，
长官命令无违抗，
江河巨浪无法阻，
是否正确请三思，

不将果部毁无迹，

从此不称戎氏儿，

听懂充当耳甘露，

不懂不会再吟咏。

唱完，连巴曲杰从宝座上站起来，下血上涌，心血扑面，眼冒血光，怒目咬牙，撸袖冲前摆出盛气凌人之姿。岭部兄弟们每人向他敬献了一条哈达，请求推迟一天一夜。但是，连巴曲杰第二天天刚亮，便带岭部一千五百名士兵和十五位勇士一并出发。领军长官噶明久拉乌达布、噶明久扎西多杰、董白利尼玛坚赞、杂巴拉顿桑嘎雅、董绰巴达姆尊钦、麦多同杂平措、赛巴王的医师赛拉乌达嘎、文布嘉巴日赤赞、达戎王子玛尼噶热、智拉朗杰妥巴、穆江朗卡多杰和扎巴伦珠等，带领岭兵像冰雹如闪电般横渡黄河，直奔果部军营。他们不唱一歌一词，像老鹰扑地一般突袭到果部千顶帐篷，刀枪箭声、呼喊声此起彼伏。大约过了一顿茶的功夫，果部七百余人被杀，岭部则折损两百多人，负伤六十多人。正当岭军守住兵马准备返回时，果部的南杰扎巴、旦真多杰、珠拉泽杰、玉郭妥杰、南拉美巴和扎巴桑珠等骑驰蓝色风翼般的骏马，像滚石翻落或阎王扑向死者般，每人率领百名士兵向前冲来。岭部的白利尼玛坚赞等八名英雄掉转马头，阻挡果兵进攻，并把伤员安全送往黄河彼岸。果部英雄玉郭妥拉美巴、珠拉泽杰和南拉美巴前后骑驰，勇往直前，珠拉泽杰在“毒水沸腾”马背上取出弓箭，右手插腰冲到白利尼玛坚赞面前，以豪言指责调唱道：

唵嘛呢呗咪吽！

唱歌就在天上唱，

高亢嘹亮响天空，

想将唤醒天上龙，
霹雳闪电横空鸣，
崩裂黑色之石山，
驱逐石山之妖魔；
唱歌就在空中唱，
想将空中满彩虹，
战神雷鸣伸火焰，
想把森林烧成灰，
南山林树化为炭，
抢夺猛虎之家园；
唱歌就在水中唱，
想将冲毁窄峡道，
欲将弥漫大草滩，
变为蔚蓝之大海，
阻止行人通四方，
美丽家乡被水淹。

东方白岭众乞丐，
无能难受自军营，
自视勇猛赴果营，
胆怯小儿先出手，

为何不言三句话，
一路马背狂呐喊，
乱箭好比暴风雨，
不拿古斯之宝刀，
长矛竹箭乱杀人，
杀我果兵如牛羊，
以为自己很勇猛，
懦弱似狼悄声袭，
好像南方之细雨；
地面蠕动长耳驴，
途中喘息不向前，
遇到陡坡四蹄软，
脊背马鞍压出血；
以为勇猛众岭夫，
销声匿迹袭果营，
宛如野狗咬人腿。

大喊上前迎战者，
果部英雄珠拉也。
虽然雄鹿翻山岳，
其后还有猎狗追，

如果不能获鹿角，
猎人不会善罢休；
虽然金鱼跑水中，
其后还有渔夫钩，
如果迅速不抓住，
渔夫不会善罢休；
岭部羊群在草原，
其后狼群在追赶，
若不杀死岭羊群，
豺狼犹如死干尸；
天空乌云滚滚来，
闪电霹雳降冰雹，
丰收谷物冰雹打，
农庄主人焦心碎，
咒师神术驱乌云，
狂风肆虐卷尘土，
震天雷声逃沙漠，
若无咒力为死人。

果部珠拉泽杰之，
右翼玉郭妥杰士，

左翼南拉美巴士，
三位英雄肩并肩，
岭部懦夫众狐狸，
耐心等我来送行！
若要射箭将如此，
向上挽弓在山顶，
仿佛大山拉成弓，
向下引弓在水中，
犹如江河拉进弓，
空中引弓伸手臂，
宛如高山系腰带，
又如小山套腰圈，
又如石山系朵玛，
若无不叫穿山箭；
锋刃霹雳之利箭，
如将射出岭儿惊，
面对敌人如英雄，
面对自己如女儿，
我不放箭放雷电，
雷电好比击石山，
砍断红赞之性命。

听懂岭儿铭记心，

不懂不会在咏吟。

珠拉泽杰唱完的同时射出利箭，即咔嚓声、嗵嗵声、叮当声三声响后，箭离弦飞出。此箭虽然射碎了白利尼玛坚赞的生铁金丸胸护心镜，并射断了七条铠甲绳线，但是，他身上佩戴有勇行空行、护法神、神圣喇嘛的袈裟等圣物，未能伤及性命。于是，白利尼玛坚赞取下火舌闪电矛套，唱起赞矛之歌：

唵嘛呢叭咪吽！

阿拉塔拉是岭歌，

美丽岭歌永不变，

神圣三宝最真实，

尚有不变之三项。

高山顶上积白雪，

冬季盛装白色雪，

夏季艳服绿色叶，

乃是夏冬之变化，

但那高山永不变；

夏季江河千里泻，

冬季山川银素装，

乃是夏冬之冷热，

只是绿水变了色，

但那山谷永不变；

岭辈氏族为神系，
女人氏族为空行，
但那人种永不变。

如是岭果众部落，
董氏紫色之人种，
上方天神之后裔，
其实不是甚化身，
人人皆是壮士汉，
杀害千人之屠夫，
解脱百人之菩萨，
压迫敌人之勇士，
生活无助之父母，
分辨真假之智者，
前程不误信佛法，
贫富悬殊看福禄，
其实贫富相对之，
是否有法看信仰，
分析善恶看业果。

喂喂果部众青年，

父氏洁白之神种，
黑赞泰让已附身，
杀戮行恶妖魔身，
损人利已爱嫉妒，
不是妖魔是何物，
果部喜欢乱拜像，
崇奉黑鬼热杂魔，
杀害众生之屠夫，
众多妖魔之命根，
魑魅魍魉之首领，
瘟疫饥寒之源泉。

若你不知此类事，
不知佛法假上师，
如果没有修行智，
好比山顶之经幡，
随风飘扬无知觉；
不愿众生普度师，
好像黄鸭湖中游，
水中环顾寻恋人，
所有虫类尽能吃；

花枝招展之少女，
音色胜似画眉鸟，
歌虽悦耳非法声，
仿佛罗刹在嬉笑，
迷惑男儿之诱饵，
此女不配称空行；
胆怯无艺之男儿，
犹如雄鹿长犄角，
轻松快步爬山顶，
不怕枪林弹雨射，
十枝鹿角被人取，
此男不配称英雄。

果部贪婪众小伙，
自欺欺人贬自己，
自食亲人之骨肉，
引发父兄内讧者，
蔑视骨肉愚昧人，
父母亲戚皆不认，
不知何为世间耻，
宛如一生死九次，

不如自缢见阎王，
如果还不知自己，
寒风中之干茅草，
又似女孩手梳毛，
是否知羞果小儿，
射出那种耻辱箭，
不如我来投石头，
是否正确等着瞧。

这灰色天雷长矛，
矛尖好比驱魔食，
此矛是由龙王赐，
矛身腰部金刚结，
仿佛上师持金刚，
矛尖犹如英雄盔，
盔旗插满碧蓝天，
诛杀敌寇之圣矛，
魔矛神矛双全美，
今日刺向你胸口，
将你心脏割两瓣，
鲜红心血洒大地。

果部珠拉泽杰他，
犹如青龙之小儿，
若无乌云住何方？
果儿好比天上鹞，
空中展翅起舞者，
若无小鸟抓什么？
果儿宛如黑尾狼，
傍晚巡察峡谷者，
若无食肉为何巡；
果儿好比天上雕，
空中展翅耀技艺，
天上禽类不飞翔，
双翼展翅有何用。

所以你和我两人，
今天傍晚之时辰，
你死我活看今晚，
谁是英雄斗武艺，
将你盔旗染成血，
身如土豆粘成尸，
今天将你摔下地，

鲜红心脏劈两瓣，

矛尖望能神护佑，

矛刃战神威玛佑，

矛柄地下龙护佑，

矛端勇行空行佑，

灰色长矛之神变，

杀死果儿之利器，

是否正确看今天。

听懂铭记在心中，

不懂不会再解释。

唱完，尼玛坚赞将灰色长矛刺向他的心脏，长矛虽刺破了珠拉泽杰胸前的明镜，但没有伤到身体。于是，果部的旦真多杰、南杰扎巴、珠拉泽杰、南拉美巴和玉郭妥杰等满腔怒火，视死如归，一齐冲向白利尼玛坚赞、达姆赤赞、噶明久曲吉旺久、噶拉乌达布和噶盖觉沃周杰等人，多番交手中，噶明久曲吉旺久中刀而亡。连巴曲杰怒火冲天，上前堵住南杰扎巴去路，并唱了这首英雄怒吼歌：

唵嘛呢叭咪吽！

阳神战神地方神，

请你多加辅助我！

不知此地是何方，

贝干山谷之谷口，

紫色贝山之山下，

叫做贝姆铁谷口。

不知我是何许人，

美丽岭部之地方，

谷脑巍峨雪山峰，

雄狮居住之神地，

谷口广袤之田地，

六谷丰收之圣地，

中间绿色之草山，

黑色牦牛白色羊，

草原骏马石山羊，

白额犏牛母牛等，

千里骏马繁衍地，

叫纳塘秀丽草原。

天堡玉山之下方，

鹞角山谷在右边，

母牛角谷在左边，

那两山谷之中间，

瞻部岭拉卡上方，

恰似雄鹰之武器，
名叫上夏日珠宗；
储备谷物精制粮，
冬居坚固之堡垒，
夏居宽阔之草原，
繁衍千百家畜地。

总管戎擦之长子，
叫连巴诺布曲杰，
白岭人种之精华，
驱散黑夜十五月，
灿烂繁星之首领，
乃是北方北极星；
八十须弥之精华，
上方岗底斯圣山；
各大神湖之首领，
乃是玛旁雍措湖；
龙界珍宝之宝藏，
协扎旺措秀姆湖；
南方森林游聚地，
凶猛老虎子孙住，

六纹不盛未曾想；

白色雄狮之幼崽，

不居雪山未曾想；

金色鱼儿之后裔，

不越波涛未曾想；

白胸老鹫之后代，

不翔天空未曾想；

大鹏鸟儿之后裔，

不压高山未曾想；

紫色董氏之英雄，

战神不绕未曾想，

三十勇士之精华。

昨日前天之往昔，

神谷里面伸魔爪，

福谷里面唤饥荒，

紫色果部狗仔们，

小小狗崽之毛辫，

试图想跟绿鬃比，

不得不发狮子吼；

红黄狐狸之绒毛，

试图想跟虎纹比，
不得不露虎犬齿；
大鹏鸟儿之天路，
毒蛇昂首跃天空，
不得不伸头顶角。
如是四方美神营，
百名乞丐百匪首，
伸出恶魔之黑手，
不得不佩甲兵器。

紫色果部之小营，
今天上午之时日，
宛若麦浪冰雹打，
又如寒霜催花落，
恰似山坡被水冲，
是否觉得很有益？
英雄收手归营路，
懦夫追赶真可怜；
大鹏鸟儿飞翔路，
乌鸦拍翅好凄凉；
壮士前行英雄路，

短命果男在追赶，
数组兵马被砍头。
请听果部众孤儿，
亡父之后兔崽子，
若未死去上前来，
不出三步头落地。

锋刃锐利之宝刀，
古斯黎明旭日刀；
胯下骑的此骏马，
翠鸟杜鹃善飞马，
堪与空中风暴比，
在你风驰电掣地，
仿佛风儿吹尘土，
又像江河冲河床，
不会让你活命逃，
死在锋利之刀下，
尚未死前留遗嘱，
绝不留下活命路，
南杰扎巴贪婪者，
绝对将你劈两半，

灵魂终将游中阴。

听懂小鬼记在心，

不懂说明已耳聋。

唱完，连巴曲杰举刀冲向南杰扎巴。于是双方搏斗在一起，不一会儿，连巴曲杰砍中南杰扎巴左肩，将其劈成上下两半，南杰扎巴从马背上滚了下来。看到此景，旦真多杰就像毒蛇受刺鞭抽打一般，气势汹汹像流星划过天空，直奔而来。他去掉长柄黑长矛套说道："呀，请听我之三句话，贪婪无耻者，死到临前还有什么勇气！"便唱起此首豪言短歌：

唵嘛呢呗咪吽！

歌声供奉空性神，

玛域洁白雪山上，

十三赞神英雄鉴，

吉祥至高九连峰，

玛域玉谷富饶地，

鲁魔食人青蛙鉴，

央夏达玛凶赞神，

威猛众神排成队，

护佑走投无路者！

不知此地是何方，

贝干山坡之谷口，

自己土地可自主，
无耻强盗袭击后，
抢劫财富马牛地；
无法无道贪婪师，
恶术吽哌诵咒地；
艳装高傲之少女，
闲言绯闻传播地；
老马漫步步调高，
炫耀四蹄脚力地；
无勇岭部众男儿，
妄言豪语自诩地；
无财无食之乞丐，
酒后呕吐狂言地。

不知我是何许人，
紫色果部上部落，
热洛顿巴之小儿，
叫旦真多杰扎巴，
百位男人中俊杰，
百名女郎之偶像，
神圣喇嘛之弟子，

听懂佛令戒律者，
长官面前之大臣，
分辨善恶之智者，
英雄众群之精华，
迎战敌人之勇士。

大量出土纯金地，
粒粒黄铜好可怜，
在我赭色银面前，
你这黑铅有何用；
碧波江河汹涌地，
红色火焰无法燃；
霹雳闪电之地方，
泥生竹箭怎敢比；
骏马驰骋之地方，
南谷毛驴怎敢去；
富翁儿子之财产，
无缘乞丐怎能得！

今天上午之时日，
果部士兵如血搅，

千百男儿被杀头，
今天不仅讨说法，
同时还要讨债物，
一并将想利息讨。
上午起步之速度，
下午看否能保持，
前半生储存财物，
后半生看是否足。

我兄长南杰扎巴，
乃是太阳之对手，
却被罗睺所吞噬，
不得不露月儿脸；
兄长殉职之后面，
弟弟继死无悔恨。
灰色长柄毒舌矛，
三节天铁幻化轮，
今天刺向狐狸心，
首躯肢体分六块，
终究胜利属于我。
上午小孩要高兴，

如果上午不高兴，

下午没人陪你玩；

上午毛驴要疾走，

如果上午不疾走，

下午没有陪伴者；

上午懦夫要获利，

如果上午不获利，

下午难觅获利处；

亲家门户要相等，

不能贪婪富人财，

乞丐无食不能等，

骏马疾驰不能猛；

疯子胡言乱语者，

没有一句重要话；

不识佛法上师咒，

不知魔鬼在哪里；

是否正确岭狐狸。

频发战争杀戮者，

最终自命自丧失，

是否正确看得见，

总管儿子叫曲杰[1]，

是否法王看今朝，

今日把你挂矛尖，

粉身碎骨送地狱，

死到临头请三思，

观想恩重之父母，

死前坦然留遗嘱，

嘱托亲人和兄弟，

丈量生命很悲伤，

祈祷虔信恩重师，

坠入地狱无人救，

无耻女人肺腑语，

众生结伴无影踪，

是否正确连巴儿，

今日没有你活路，

矛尖搅碎你心脏。

听懂歌儿饮甘露，

不懂不会再吟咏。

唱毕，旦真多杰接连两次挥动长矛，第一次刺向连巴曲杰的胸部，划

1　曲杰：意为法王，即阎王。

开了铠甲未伤到身体，第二次刺入肾部，将右肾劈成了两瓣，流出了很多暗红色的血。连巴曲杰差点从马背上摔了下去。拉乌达布看到此景，满腔怒火挥刀砍向旦真多杰头部，将他从马背上砍了下去，并割取了其头颅和四肢。那天从日出至日落，双方一直都在战斗。

连巴曲杰无法站立，岭部英雄们将他驮在马背上，左扶右持地送回了岭营。岭军渡过黄河返回军营后，感到非常悲痛，叹息之声充满军营。总管戎擦查根也非常悲伤，但鼓着勇气在众人面前端坐，像巍峨的须弥那样纹丝不动。岭部英雄们将砍取的果部大臣的头、手和铠甲等堆放在总管面前。接着，岭部的上师、占卜师和历算师等给连巴曲杰举行了多次占算、召魂、续寿等法事活动。吃良药就像吞糌粑，饮甘露药就像解渴痛饮，但都没看见一点良效。咒师也感到伤情不会好转。当连巴曲杰奄奄一息时，占师贡赛图波坚占出结果，让他当着父辈、母姨等面留下遗嘱，因为贡巴热杂的毒咒已深入贵体，无法挽救，占师说道："因果像小麦与炒麦、水和鱼、猫头鹰和岩洞、雪和草山，连在一起。"接着唱起此歌：

唵嘛呢呗咪吽！
阿拉母亲和上师，
三时佛陀莲花生，
依据占卜赐预言！
天竺金刚座圣地，
释迦牟尼佛祖鉴，
依据占卜赐预言！
上方极乐之净土，
怙主阿弥陀佛鉴，

占卜指明深寓意！

北方自成无量宫，

神通事业之王鉴，

占卜指明深寓意！

东方金刚之宫殿，

静住金刚萨埵佛，

占卜指明深寓意！

南方珍宝之宫殿，

静住无量菩萨佛，

占卜指明深寓意！

暗红三角无量宫，

红色马头明王鉴，

占卜指明深寓意！

无底湛蓝之深海，

吉祥退敌天母鉴，

占卜指明深寓意！

弥漫天空空行母，

充满高山大年神，

盈满大地成就龙，

占卜指明深寓意！

地神和方神索多，

保护佛法之神龙，
占卜指明深寓意！

我乃岭部占卜师，
叫占师贡赛图波，
请听岭部之上师，
占师占卜有如下，
失策乃是占卜首，
举行断等厉法事，
粗暴隐藏力量弱，
业缘运势很衰弱，
流言蜚语在阻扰，
昔日魔影附贵体，
兵器损伤身神衰，
现在又有伤身体，
即使帝释也无能，
已至死亡之时候，
药和大夫皆无用，
断法禳仪也无效。

因此在座之上师，

引渡灵魂慈悲者，
现场在座福运人，
举行唤运招财事，
为那失魂失寿人，
神鬼尸影附身者，
清净神水要沐浴，
尚要诵经积善行，
上述皆是神指令，
不是无意欺骗语。

日落日出寿命尽，
无人改变之三事，
夏天出现冬季寒，
乃是天气之变化，
秋日冰霜退夏季，
秋霜击落夏日花，
是因天气已寒冷，
溪水冰下汩汩流，
高山顶上皑皑雪，
草木绿叶簌簌落，
乃是气候之原因。

除此之外没什么，
请勿烦躁父辈们，
不要疑虑或愤怒，
不如发发菩提心，
生死离别来临时，
唯独善业度阴间，
生者在家办法事，
举行断法与禳仪，
供奉圣水酥油灯。

听懂铭记在心间，
不懂权当占师诳，
诸位愿能如是想！

听了占师的歌，岭部的上师、官员、父辈、英杰、智者和一般军士等都在议论此事，认为占师的话千真万确，无法改变。过了三天三夜，连巴曲杰真的去世了。岭军营为连巴曲杰举行了七天七夜的盛大丧事，并邀请德高望重的僧侣超度灵魂，祈福转世。虽然大家有些沮丧悲痛，但并未露出悲伤情绪，反而显得更加心胸宽大。总管、僧伦、杰瓦伦珠和拉达奔吉等人特为连巴曲杰的超度发下命令，要求守卫家园的岭部所有部众都举行上供奉三宝、下布施穷人、山顶插经幡、山腰建寺庙、水边堆擦擦、吉祥山谷煨桑、放生无数牲畜等活动，以纪念他的丰功伟业。

十六

九日后的一天，岭营地的各兄弟聚在一起讨论接下来的事，最终父王僧伦卡玛说道：“我无需任何援手、辅弼及臣属，望你们别生气，我已下定决心，若今日不能击败敌人，我愧对这男儿之身。如果今日我不把果部那一群叔侄像炒蔓菁一样杀尽，我无脸待在此地！”说完，他便从丝绸莲花胜座上起身，腰束三械，像绿鬃兴盛的雄狮矗立在雪山之顶，以狮子怒吼调唱道：

唵嘛呢叭咪吽！
唱首阿拉塔拉歌，
上师本尊和佛法，
根本三宝佛明鉴，
尤其吐蕃众护法，
时常引领救助我！
雪域藏地如圣界，
极乐神奇无穷有，
上至阿里之三围，
中至卫藏之四翼，
下至朵康六岗地，
位于天竺汉地间，

耕种树木自生长，

天上雨水自积累，

出生人儿已注定，

位于此地众神龙，

一是为了弘佛法，

二是为了利众生。

相依为命黑头人，

自从娘胎出生后，

各自寿命和时运，

最后必经死亡事，

去留之间自然事。

杀敌攻兵众勇士，

身携兵器做强盗，

不知是死是活也，

拼死拼命击敌寇，

何曾想起命旦夕，

杀敌杀了上千百，

自高自大自夸者，

事后必将生后悔。

今年迎新之时日，
岭部勇士众小伙，
不听长辈之指令，
如若不听长辈令，
失策失谋之根源，
儿孙爱子在成长，
不听父母之劝导，
如若不听父母劝，
就像芭蕉与柽柳，
随时会被河冲走，
病危命垂和陵墓，
收到死讯无分别，
躲避之法无处找，
如此自作自受也。

道德高尚者子孙，
竖起耳朵细心听，
说啥都要铭记心，
用眼小心从严看，
人形好坏怎样看，
往年旧事分好坏，

对于善恶懂羞耻，

背后使坏定要戒，

千百之人聚一起，

君子之举不会错，

满脸笑容善说话；

歹人举止会怎样，

争辩揭露起绰号，

满口脏话无节制，

盟誓要以大凭持，

神法二者断除之。

最终口角起纠纷，

定有杀人遍尸体，

好坏之间挑离间，

破坏家庭分离弃，

无知无识如愚者，

没有学识犹如猪，

毫无羞耻像母狗；

时与劫数之运行，

定要自知而明白，

自身必定自养护，

如若不能自已者，

总管之子曲杰之，

性命死魔被盗走，

狼毒狠心被诱骗，

下定决心靠自己，

后退没法靠他人，

再防没法防狗犬，

再扶没法扶大山，

还有什么法可施，

除了行善和积福！

于是岭部神部众，

古人自有古谚语：

饮食不谢是丧筵，

说话无应如哑巴，

敌仇不报即弱者，

羌塘强盗无耻心，

物主追索未想过，

登高众官污吏者，

无忌直言不负责；

无法上师狡诈徒，

预言正果无把握，

闭眼假装修心法，

嘴里念诵六真言，

一切都为贪财物，

还说被害要还击。

如此果部上师他，

挑拨果岭两年战，

最终失败讨苦吃，

果部上方无平安，

所有食财尽于战，

爱子人马变尸体，

幸福之地变空域，

还有什么比这痛，

岭部上方无平安，

战争强盗一齐行，

不分胜负不罢休，

再也不能如此想，

愿岭众能铭记心！

听完，白利拉嘎说道：“请勿独行，众人并肩作战更好。”于是不少勇士和三百多名士兵与他一同前往果部。到果部军营旁边时，果部尼玛嘎钦等七位勇士挡住他们的去路。白利拉嘎从箭囊取出利箭以青龙怒吼调唱道：

唵嘛呢叭咪吽！
敬一敬二敬三次，
敬至三次唱首歌，
歌儿供奉吉祥母，
今日前来帮勇士！
歌供战神威玛神，
今日援我击敌寇！
歌供白岭命运神，
今日助我抛敌血！

无知果部众子孙，
思前顾后你无有，
羞耻之心也无有，
里外分明更无有，
此三无有犹如狗，
吃饱肚子乱狂吠，
只会招来石和棍。
歹人恶犬驽马三，
吃饱肚子更凶恶，
驽马吃饱响肚子，

歹人吃饱打家人，
恶犬吃饱吠主人，
是否那样果子孙，
看你自高自大样。

我们岭部各勇士，
岂能不分里和外，
诸事分清头和尾，
一心皈依佛法教，
晚上做了什么梦，
需要三宝赐预言；
诸事是否能顺利，
要听神通卦师言；
来世转生好与坏，
要靠积善与念经。

因此岭部神子们，
源于今世之因缘，
苦乐极像黄羊角，
早年身有千万苦，
晚年幸福自会来，

上坡下坡轮着走，
虽然上午满身汗，
下午定能到平原，
饥饱犹如牛呼吸，
早年无食虽挨饿，
晚年财源滚滚来。

三界上师自生者，
闭关修行威猛法，
妖魔鬼怪四周绕，
惊恐畏惧遍四方，
虽然敲鼓摇铃铛，
分心失去生次第；
根本上师之恩惠，
妖魔鬼怪被降服，
身体力行求佛法，
众生之中得人身，
八暇十满珍贵身，
遥比黄金更珍贵，
黄金用尽可再寻，
暇满人身却不能。

无知无心果部人，
硬把岭部当敌人，
强词大言说不断，
虽无攻击却反击，
尚讲不信之欺言，
是否如此果子孙？
果部上方狼崽们，
跑遍山川寻羊群，
吉祥宝地血染红，
矫健步伐如雄鹰；
山间黑尾之豺狗，
走遍山川炫步伐，
无罪众生杀尽之，
还在山间寻猎物；
果部子孙众盗贼，
富人财宝伸手抢，
气势汹汹甚嚣张，
少年淫妇贪图财，
装腔阔气讲妙语；
羌塘无赖贪人财，
尚谈英勇之豪言；

无法上师蒙骗人，
假装吽哌念咒语；
如是果部子孙们，
自私自利满山川，
言词无理满口谎，
称霸官员以法律，
欺诈无罪之民财，
重刑法鞭施肉身；
还谈权利及地位。

喂喂果部可怜儿，
像我岭部之故乡，
富饶圣地白岭部，
获得人身之结果，
如对教法不虔诚，
自身乃是起尸鬼，
如不供奉三宝佛，
最终不知去何处；
如对穷人不布施，
最终坠入三恶道，
如不公正履行法，

定难长任其官位，
如是果部之叔辈，
本来不能算做人。

吉祥岭部之地方，
歹人在此乱搅者，
望能一一去除掉；
驽马和驴去赛跑，
永无希望远征路；
坏人贼子离间者，
永无希望获真理；
恶女荡妇贱人者，
永无希望做伴侣。
果部上方兄弟们，
无赖歹人之言词，
最终毫无真理讲。

富饶圣地岭部落，
伟人英雄有几位，
已被果部送西天。
现今关键之时日，

白利拉嘎达雅我，
如果怕你非英雄，
是否如此射只箭，
这只食肉降敌箭，
引弓射箭之时日，
山川河流满哄声，
犹如炸雷降峭壁，
轰然尘土落地上，
血肉布施秃鹫鹰，
灵魂放归中阴路，
是否那样走着瞧。

听懂放在耳中央，
不懂不再重复唱。

唱完，白利拉嘎一箭射中果部尼玛嘎钦胸口，他便从马背上摔了下去。于是，双方混战，好像百只母羊与羊羔相遇一样变得乱哄哄。哭天喊地犹如到了地狱，彼此相杀，大约过了三顿茶功夫，仍未能分得胜负。总管戎擦查根看到此景，心中倍感痛苦。他身穿“太阳自升”铠甲，头戴“四节胜者”头盔，盔旗如天上白云，身上五颜六色的旗幡好比空中升起的彩虹随风飘扬，骑着棕色骡马，像一阵狂风冲向敌人。

果军到达河边的那一刻，看到突然蹦出一位不知从何而来的长者，样子威武雄壮，好比须弥山戴着金色帽子。只见他踩镫立马，威严地斜跨在坐骑上。果军尚未认出此人，多杰巴桑连续向总管射出三箭，虽然射中，但均未使其受伤。于是，多杰巴桑上前几步，又拔出宝刀面对总管唱道：

唵嘛呢叭咪吽！
阿拉是种吟唱法，
以歌赞颂苍穹天，
若不歌颂天神们，
虔诚之心向谁依；
其次歌颂中年神，
若不赞颂中年神，
腰间三械谁做主；
再次歌颂人间地，
若不赞颂人间地，
足下哪有支撑点；
战神威玛护法神，
望能形影随之行！

不知此地是何方，
莲花谷地上纳扎。
不知我是何许人，
果部上方牛圈中，
千头母牛之主人，

千万绵羊之财主，
牛奶如海聚集地，
黄河渡口之丘陵，
四洲帐篷不胜数，
我是财主家长子，
叫我多杰巴桑儿。
一般男人无可比，
大鹏鸟儿之天路，
小鸟怎能飞得起；
神龙横穿白云处，
毒蛇无法展翅飞；
威猛老虎呼啸地，
狐狸颤抖无寸土；
骏马驰骋之草原，
南谷毛驴怎来比；
果部英雄称霸地，
岭部遗孤怎逞豪，
是否如此走着瞧！

昨晚做了几场梦？
迟早寿命剩多长？

若虑临终请三思！
恩重父母叫什么，
你有多大之能耐，
骒首棕马很特别，
若无速度像毛驴；
人中之人如高山，
犹如山顶狮母子；
无胆英雄衣甲美，
锋利兵器躲不过；
无教上师黄袈裟，
预言之力你无有；
无耻之官如孔雀，
庶民之忧你无有；
非勇少年易狂妄，
抗敌勇气你无有；
无耻女人虽漂亮，
永无获得真爱情；
无财穷人空话者，
遮身衣着都无有。

如是高个坏男人，

实话别瞒如实讲，

不然利剑随手挥，

若你头上砍一刀，

不能将你碎尸骨，

多杰巴桑非英雄，

听懂铭记在心间，

不懂死到临头了，

愿你高个铭记心！

总管听后，很愤怒，但依然安静地收住缰绳冷眼面对眼前兵马。果部一壮士拔刀一半，试图冲向总管。总管立即讲道：“狂妄之人请稍等，我有话要与你说。春天日长，却有行与住的区别；秋天日夜均分，自有熟睡起身的规律；人生如水泡，也有积蓄和享受的时间。”接着以长调歌唱了一首讲述勇气、生平历史、果岭之战由来，以及报仇之理等评判的歌：

唵嘛呢叭咪吽！

唱首阿拉塔拉歌，

塔拉亘古岭之歌。

上师本尊三宝佛，

虔心祈福由衷祷，

慈悲之心赐加持，

皈依根本三宝佛，

供奉敬颂天上神！

头顶日月宝座上，
静住根本上师尊，
请做盔旗之主人！
高高天空之通道，
此盔犹如天生铁，
不怕大鹏之阻挡，
身着金刚不变甲，
盆地鲁赞永昌盛，
此身神鲁年身躯，
不是何人堪能比，
自身佛陀坛城体，
哪有敌寇来抗击？
哪来可比之英雄？

不知此地是何方，
岭部美丽之圣地，
无人口角无纠纷，
从未听说此地坏，
上面山峰皆是雪，
雪山狮子之家园，
狮子绿鬃繁荣地；

中间石草之乐园，

独行野牛乐此地，

此山助长野牛角；

绿草神木柏树地，

雄鹿鹿角兴盛处；

花草美丽之牧场，

骏马繁衍生长地，

山口丰沛水田地，

青色粮食发祥地，

美丽草原撒羊群，

中老幼小都信佛，

草山盆地满牛犊，

富饶圣域吐蕃地。

富人之子不必喜，

夜晚未睡做恶梦，

早上起来满身病，

有吃有喝缺胃口，

一顿两顿不舍积，

上师圣神无供奉，

下等乞丐无布施，

此生积累众多财，
死亡来临带何处，
阎罗之信无漏洞，
来世投身饿鬼道；
古寺神庙之上师，
如知修法乃上师，
如贪财物是屠夫；
部落至上大长官，
若分黑白称长官，
如若奸诈是污吏；
暖炉旁边之姑娘，
懂得节约是富翁，
不懂吃喝变穷人；
矫健光滑之骏马，
若能飞速是快马，
不能只会四蹄痛；
妩媚秀之美少女，
安分守己嫁好人，
花枝招展惹祸害，
如是意义不重大！

不知我是何许人，
南瞻部洲之地方，
天竺当帽戴头者，
此帽插有彩色旗，
佛法自从天竺来；
汉地当靴脚穿者，
靴上系有长鞋带，
吐蕃当带系腰者，
打了不松之结者，
乃是黑白分明人，
修行妙法慈悲者，
渊博学识之宝库，
深谋远虑分析者，
都称戎擦查根叔。

不是炫耀我英勇，
但我山崖之筑巢，
被那炸雷无故毁，
可怜我儿要远飞，
霹雳之路虽无缘，
却常试行鸟翼路；

美丽牝鹿之小鹿，
在那花草丰满处，
悠闲自在吃草时，
却被猎人无故射，
牝鹿原本不想死，
但却时刻想小鹿，
土地神等被激怒。

如是果部之营地，
总管心肝宝贝儿，
果部勇士已虐杀，
今日即使舍我命，
果部十八大部落，
倘若不能收回岭，
就为总管无谋略，
岭部勇士无威严。

今日向我迎战者，
大名多杰巴桑儿，
果部万众之首富，
千万母牛之主人，

知道如此生欢喜。
上空如不起阴云，
半空哪会下细雨；
如果半空不下雨，
地上植物怎生长；
地上如不长植物，
芸芸众生靠甚活；
如有勇谋护部落，
部落有财施穷人。
如是在于今时日，
你们果部太猖狂，
双眼吹进灰尘日，
只好用手去揉搓；
满口牙齿被虫蛀，
只好忍痛拔掉它；
心爱亲儿失于敌，
使得慈父随后追。

我乃戎擦老人也，
年纪虽大却有勇，
今日狂妄之少年，

边跑马儿边采花，
我降洪水冲桥梁，
燃烧大火烧茅草，
我的长矛尖又利，
幼小儿子有勇谋，
如果不能刺死你，
总管查根非我名！

就在最终之时日，
岭部不会变空无，
果部之名无存留，
你要懂得此事理，
请您向上看蓝天，
除此没有大戏目，
请您向下看大地，
除此没有吸血者，
请您平空看远处，
除了轻风无景观，
你我相遇甚是好，
今日太阳落山前，
名声远扬岭部落，

来生享誉全吐蕃，
不成枉为总管名。

如你懂得请倾听，
不懂此歌不解释，
果部之子铭记心。

唱完，总管举起长矛挥舞，刚好与多杰巴桑的利剑相撞。长矛虽被利剑砍到，但并未砍断。总管又向多杰巴桑刺了一矛，矛尖穿透了他的心脏，他从马背上摔了下去。接着，总管持刀杀掉多杰巴桑周围许多士兵，土地被血染一片，还有果部赫赫有名的三位大将，也被砍了头。战斗从早上持续到晚上，最终，岭部取胜。大部队渡过黄河回到自己的军营。得知总管取胜的消息，岭部众人煨桑欢呼，咯嗦之声响彻天际，在桑烟弥漫的欢笑中，总管戎擦查根驾临营帐，与众人共享酒茶。

果部众兵聚集在一起，为了减少人员损失，阿嘎梅达擦鲁和巴赛顿杰扎巴、雍仲嘎瓦多旦等骑着马率领一百余名士兵准备突袭岭兵，阿嘎梅达擦鲁说："人多尸体多，八名辅弼哪有不够的，让其余士兵在家休养！"说完便在青龙一般的骏马上摧马加鞭直接冲向岭营，边咯声呼喊边唱起此歌：

唵嘛呢叭咪吽！
颂歌就颂天上神，
供奉顶髻诸众神，
就在湛蓝之空中，
霹雳冰雹掌控者，
耳戴纯白耳饰者，

白人海螺牙齿者，
身着白色绸缎者，
坐骑纯白螺牙马，
十万部众周围拥，
今日前来助英雄！
就在湛蓝之空中，
坐骑纯白天珠眼，
小乐之歌飘悠悠，
如鹰神人像鹞鹰，
展翅飞舞翔天空，
今日前来助英雄！
大地悬崖河川中，
黑色坐骑紫黑人，
犹如石山罩雾雨，
地上泰让风轮者，
今日前来助英雄！

不知此地是何方，
岭部营地之右方，
白色帐营排列处，
就像风姿绰约女，

白马好比牝骡马，
白人白马像白云，
即想微风被吹散，
耐心等待尚有戏！

不知我是何许人，
果部长梯形谷中，
财宝之主老富翁，
阿嘎梅达擦鲁也；
背后涌来众士兵，
宛如血海在沸腾；
猛将好比冰雹球，
摧毁麦子穗头者；
大军犹如火焰烧，
烧毁无边山林者；
雄心就像河水流，
制造山沟峡谷者；
急猛霹雳发射出，
岭军防备摧毁者。

不是空话是实情，

听着白人灰白马，
如你勇猛来交锋，
多说毫无意义也，
前来几天八日内，
敌人被打血染红，
就在岭部之地方，
贵如眼中之珠子，
总管诺布被射杀，
口中白牙被拔出，
米觉旺秀也被杀，
更有让人愤怒之，
瓦日嘎玛朗杰儿，
巴萨玉泽美巴儿，
珠拉朗加扎巴儿，
万敌英雄珠扎等，
四人一天被果杀，
是喜还是悲伤事。

之后还为此事端，
将有人马来追讨，
说是失财追查者，

岭部长官被果人，
压得心思重如山，
身体犹如芭蕉抖，
骑着瘦骨嶙峋马，
刀剑利箭被包围，
多杰巴桑扎巴他，
被岭长矛穿心脏，
除此那玉杰妥赞，
达杰朗卡顿珠等，
连同盔旗被割走，
我乃为此报仇者，
久等之说从未有。

前来迎战众狐狸，
要你夹尾驱逐溜，
听懂铭记在心间，
不懂不会再解释，
愿岭乞丐铭记心！

唱完，阿嘎拉住缰绳等待时机。这时，从雪白的帐篷中走出一位白如海螺的人，像是洁白的哈达漂浮在空中，又像长有绿鬃的雄狮，骑着蓝鸟骏马飞驰过来。他头戴白盔，盔插白旗，白色铠甲白甲线，白色矛幡挂白镜；白人骑白马，全身上下九种白色，显得格外清净；他体壮肩宽，威武雄壮；

生铁宝刀插在刻有吉祥八宝[1]的银白刀鞘中，刀柄上之系着五彩丝线犹如彩虹飘扬。只见他 放松缰绳缓缓停下，说道："呀，喂，贪婪狂妄小子，就像你所说，说话不回应，就跟哑巴无差别！如今，不是我要装腔作势，仇敌在门前等待，不得不拿起三械去作战。幼狼搅乱羊群，自有牧主来追赶，虽不想投石打，无奈之下只好这样了。"说完，以猛虎怒吼调唱了一首豪言歌：

喻嘛呢呗咪吽！
唱首阿拉塔拉歌，
塔拉乃是意义歌。
说话如果无回应，
就去哑巴群里玩！
别人常常送膳食，
若你从无回报请，
则为丧食无区别。
虽无远征去攻敌，
却被敌军包围时，
非得拿起三兵器。

供奉赞颂上方神，
湛蓝天空神殿中，
圣母贡曼杰姆鉴，

1　吉祥八宝：又称"八瑞相"，由白海螺、祥法轮、胜利幢、宝伞、莲花、宝瓶、金鱼、吉祥结组成，是藏族人民最喜欢的吉祥组合图案之一。这种图案常常涂绘在寺院、民居、帐篷及各种生活器皿之上。原文中没有出现此英雄名字，后文中指出他是岭白人白马白盔将达域之领主巴拉·桑达阿顿。

头戴佛冠诸空行，
佑我身心无恐惧！
遥从白云无量宫，
犹如青龙战神鉴，
耀你火翼降冰雹，
帮我击退可恨敌！
遥从须弥之顶上，
年格佐达桑嘎雅，
绿鬃飘飘住雪山，
击败果部仇敌时，
寒风弥漫更快捷，
怎可放弃美雪山，
智慧狮面空行鉴，
三械系身扶助我！
遥从大地海浪中，
弥贡护螺龙王等，
身束三械盔甲者，
援我击败众敌兵！

不知此地是何方，
白岭上部之东北，

所谓果部乞丐部，
不是他乡岭属地。
无拘之人吹海螺，
看谁吹奏时间长；
无主庶民变土匪，
卑鄙伎俩去夺权；
内无礼节之家庭，
谁能无理谁占有；
无有规矩盗匪群，
抢劫夺去他人财，
弱肉强食更无赖。

岭部属地果部落，
身心动摇总会输，
不守法规如盗匪，
上师法座僧徒住，
信条戒律失落地，
果部土匪之子他，
说要篡夺岭王位，
成为果岭之领头，
封他大王之称号，

此人狂妄无羞耻，
就在连续两年内，
率领士兵攻岭部，
杀了无数岭神子，
众多财物被抢走，
尚无满足其欲望，
气势汹汹闯营部，
身系三械到门前，
如我安分者面前，
说他无尽狂妄语，
制造害人害己事。

如我美丽之白岭，
广袤宝山吉祥谷，
坚固噶布久治城，
上部筑有天鹅巢，
也有许多鸟雀巢，
九层坚固城堡内，
父亲巴拉多杰他，
生下桑达阿顿儿，
母亲堪卓拉措子，

正直少年十二岁，
今年算得十三岁，
一是儿子还年幼，
正是无忧玩耍期，
骑上骏马之姿态，
犹如轻风空中飘，
骏马犹如蓝杜鹃，
四蹄生风有分寸，
达域之主桑达我，
屹立雪山之时日，
绿鬃不盛未曾想；
斑斓老虎之后裔，
六纹不明未曾想；
乃是大鹏鸟后裔，
翅膀之力无穷大；
乃是野牛之后裔，
英雄气势无法比；
岭部英雄之顶饰，
身手不凡过人技。

不要走神果部儿，

今天上午之时日，
果部军营起兵时，
想了何等伤心事，
古人有句谚语云：
小小和尚破戒时，
心想尘世也甚好；
官员职位被免时，
定会听从善言者；
少女若想被辱骂，
便可走遍街乡城，
恶臭妖魔背后赶，
阎罗使者牵鼻走，
临死勇气随风散，
乃是到了安葬日。

时值今日之上午，
别想活着走回去，
放你三步非英雄，
在此之前时日中，
虽未征战赴沙场，
灰色鹞鹰之羽翼，

不在风中练技艺，
即被称为画眉鸟，
羽毛填满我山谷。
在那高山之岗上，
狼群走动嚎叫哭，
如若猎人不相守，
羊群无法安心食；
在那肥沃梯田上，
若无咒师来相助，
雷雹将要毁田地；
在那平原之中央，
江河波涛甚汹涌，
若无船桥来阻挡，
夏河便会无限涨，
冬季又成戈壁滩。

寒潮冷风高空旋，
尘土欲满山谷中；
灰色鹞鹰展翅飞，
想要攫食小鸟雀；
老雕急速炫威武，

欲捕荆棘林中兔；
黑尾豺狗游山谷，
欲攻弱小山羊群；
果部军队之首领，
欲用利剑征战敌。
正如你所说那样，
英雄不去征杀敌，
就跟女子无差别。

听懂果儿铭记心，
不懂不会再吟唱。

唱完，这白人巴拉桑达阿顿便举起宝刀去应战。果部阿嘎梅达擦鲁立即拿起大刀来对战，经过三个回合，双方未能分出胜负。达域之主桑达怒气冲冲举起大刀再向对方的头部砍去，只见脑浆四溅，头颅落地。桑达取下他的马和铠甲等战利品，又转过头去，挥刀砍杀，像割麦子一般，咯吼声声中又割掉了二十个敌人的头颅。果部英雄雍仲拉泽像火焰，又像闪电冲到桑达面前与他交战，经过三个回合，未见胜负。此时，智氏白人拉沃桑珠骑着如海螺般的白马前来助阵，果军中冲出南拉周杰挡在了他的面前，两人交战许久，也未见胜负。过了一会儿，拉沃桑珠挥动“飓风火绳”长矛刺去，正中其腹，矛从背部穿出，周杰便从马背上摔了下去，拉沃桑珠取走了其盔旗。岭部军士与拉沃桑珠一同杀死了果部四十多位士兵。果部战败后返回了自己的营地。

岭部勇士相聚于神帐内，各自就坐，闲聊着关于以后怎样作战、怎样讨伐果部之事，一致同意将果部纳为自己属民的决定。但总管查根想：“假使继续战斗，敌我双方都会损失惨重，因此要有自知之明。如果果部可用之人、英雄和权重位高之人殆尽，那么，即使以后归属了岭部，我们所需要的权势、财富和名誉以及武艺高强、神力通达之人也就成了泡影。还需要查看《根本预言》书，要去向何处、已达到何时等问题，还需要大家一起讨论。”于是，总管戎擦查根从中列首座起身向岭部大臣僧伦为主的四位元老及所有带队将领说道：“众位请听，我有话要说。”接着手持一条洁白的哈达献于上方宝座上，以慢拍长调唱了果岭归属问题的谋略歌：

唵嘛呢呗咪吽！

阿拉之歌来供奉，

塔拉乃是咏唱法，

岭部母语永无变，

上师本尊三宝佛，

虔心祈福由衷祷，

慈悲之心赐加持，

芸芸众生父母等，

衷心祈祷愿成佛！

供神要吼咯嗦嗦，

若不大声吼三咯，

诸神世界距离远，

头上之耳听不到，

上界之神不护佑，

若不呼喊嗦之声，
上界神位不会高，
所以大声喊咯嗦，
桑和神酒供天神，
如若形影不离开，
诸事如意谋大事！

东山布达拉刹土，
光环四照观世音，
千手转动法轮王，
千眼光明之时代，
祈祷千手观世音，
敬请专注辅助我！
清净中心之刹土，
觉悟释迦牟尼鉴，
遵令护法赤黑鉴，
敬祈智慧佛眼照，
愿我生命无危险！

不知此地是何方，
头戴穆氏隐帽地，

部落军营驻扎地，
无辜生命残杀地，
被杀自缢频发地，
尸体堆满山谷地，
灵魂风雪暴吹地，
苦难黑雾笼罩地；
悲惨苦难之日子，
如此降临未曾想，
心想善事变坏事，
苦难降临之时间，
是我老人未料到，
天神上师无指令，
护法缄默罪深重，
不是无虑或不知；
世间人们之身上，
是喜是苦皆有之，
苦乐陵谷似相连，
山岳之外有谷地，
喜乐之后有苦难，
温饱之有后饥饿，
温暖背后有寒冷，

聚会大家请三思！

总管戎擦查根我，
几经思索细考虑，
通宵达旦难入寝，
白天头昏断食欲，
果岭战争已两年，
还未分出胜与负，
果部青壮少年们，
越杀越勇眼无人，
白岭勇士和父辈，
死后人人成金堡，
价值无人来衡量。
除此还有如下事，
白岭三十名勇士，
如今尚未逢其时。
若你不吃酸食物，
不知甜果什么味；
若你亲身不验苦，
不知什么叫幸福；
若你不翻此座山，

不知山外有平川。

因此在我上半辈，
果岭相战持续今，
总管我的想法是，
果岭之战是空战，
敌人仇恨让风吹，
一家父辈相互杀，
马尸牛尸堆如山，
富人粮绝危旦夕，
父辈侄孙相斗后，
外敌投机卧内部；
吉祥岭部之事务，
雪域吐蕃之私事，
六道众生之公事，
上至三有之顶端，
下至地狱之底部，
中间人世之以内，
岭部公事之范围，
我想罢休此战争。

总管我的大儿子，
好比九百黄金灯，
燃烧一日无区别，
岭部十三之勇士，
如失十三之金堡，
敌和仇案满山谷，
不要争斗弃战事！
今年时辰之最初，
黑年黑月黑日辰，
时代劫运相恶劣，
饥寒战争如春潮，
瘟疫魔障如洪水，
因此放下此战争。
到了明年这时候，
看看天神有何兆，
时代劫运又如何，
是否相战到时看，
积累财富被敌抢，
金堡圣人被人杀，
此事不必再延续。

我想上部天竺去，
想在天竺法王前，
请教事情的真相；
佛祖释迦牟尼他，
有何预言和先知；
邬金莲花生大师，
有何指令和教言，
立即祈祷诸天神。

此外岭部父辈们，
请回自己的家乡，
预防果域来侵犯，
河边渡口置卫兵，
山顶豁口置哨兵，
岭部如此之衰败，
除了惨毁还有甚，
是否正确父辈们，
不知长辈如何想？
听懂每人说句话，
不懂则按我意做，
愿岭众能如此想！

听完，岭部官员、兄弟和勇士们都赞同总管的说法。大家也感觉到果岭如此下去，后果不可想象。如果继续发动战争，不仅杀伤士兵，同时消耗财产。人生好比一场梦，但生命却很可贵。大家一致赞同总管的想法。岭众露宿一夜后，于第二天天刚亮时分，便各自收拾好兵器、食物、锅灶、帐篷等行李物品，驮到马和牛上，犹如回到和平时代一样兴高采烈地返回了各自的家乡。

十七

岭部众人回到故土后，各自忙碌各自的事情，有的忙于放牧，有的忙于种田。待农牧公休之日到来，总管通知岭部上下相聚于莲花珍宝草原，欢歌庆祝，供奉护法，求神赏赐成就和预言。于是，五月三号那天，骑兵像冰雹奔来，步兵像风雪卷来，一群群岭人像雪花又像花朵般齐聚到莲花珍宝草原，场面甚为壮观。节日期间的一天，正值破晓时辰，莲花生大师踩着彩虹之道莅临岭部，向总管戎擦查根讲述了上师和施主间、父母与子女间、夫妻间、男女间的誓言，以及遵守善恶因果之法、祈祷神鲁年之法等授记，以金刚自解脱调唱道：

唵嘛呢叭咪吽！
唱首阿拉塔拉歌，
塔拉乃是咏唱法，
供神就要供三宝。

我叫西方莲花生，
十万罗刹四周绕，
今日前来岭上部，
请你岭部好运人，
竖起耳朵听我讲，

谨记脑海于心中，

雪亮眼睛望四方，

行径四面八方地，

倾听兄弟朋友语，

发扬文明善举止，

戒除恶行恶言语，

和睦相处世间人，

祈祷天上之神灵，

所有山顶插经幡，

山腰建立本康殿[1]，

一切山口筑佛塔，

此举镇妖降魔鬼；

清澈江河搭金桥，

行径道路贵在便，

虔心供奉佛陀经，

业与果报持公正，

自己财产保管好，

请勿贪吃他人财，

不懂向人勤求教，

压制蛮横无赖人，

1　本康殿：指装满擦擦小泥佛像、佛塔的佛殿。

对于父辈要敬重，
对于妇女要仁慈，
七尺男儿励雄心，
女孩富养济衣食，
吃喝限量要节制，
紧要关头总会来。

对于总管戎擦你，
是属紫色董氏族，
渊博知识应有之，
圆满智慧定有之，
若无倾听上师令，
你或不识我面目，
我乃远方游来者，
远从天竺大国来，
清凉尸林所在地，
高山环绕中心地，
随从千百万弟子，
勇行空行护左右，
大事乃是为众生，
我乃邬金莲花生，

虔诚之心去祈祷，
时常不离来保佑。

继续倾听我之言，
下果部和美丽岭，
征战血流成河渠，
兵马尸体堆满谷，
争战三代人之间，
很难分清胜与负，
人与财力尽两空，
始终未分胜与负，
祸根源于恶魔处，
果岭骨肉一家亲，
本属一师之弟子，
信誓戒规不能违；
源于同父同母子，
无从怀恨彼此间；
同属一官之庶民，
谁留谁去无分别；
安然无恙共和平，
有难同当福同享，

团结一心和睦处；
原本无意发内战，
但此恶人恰纳者，
施展妖术及咒语，
挑拨果岭发战争。

不听上师之教导，
弟子无从知佛法；
不听父母之教诲，
子女无从持家业；
不听官员之指令，
庶民无法安居乐；
如是果部之上师，
恰纳贡巴热杂他，
去往上主天神界，
天神哄吵起争端，
下行下主龙之界，
下主龙界挑战争，
不只果岭之领域，
所有世界都掌控。

见者杀之怀恶意，
天上飞翔之鸟儿，
地上昆虫与禽兽，
中间黑头人类等。
果岭之间挑战争，
父辈子孙挑拨离，
破坏财富不计数。
现今时代和劫运，
上师贡巴热杂他，
自家玛谷三岔口，
妖魔鬼怪为主体，
泰让厉赞等助阵，
实有实无一切之，
三界掌控在手心。
对此已然无办法，
不要这样去认为。

上师言语无欺骗，
尽我方便与智慧。
地下龙界之刹土，

顶宝龙王[1]龙界王，
自始至终是龙王，
守财东迥嘎姆龙，
财主弥贡白姆龙，
龙界龙王和部众，
诚邀与岭结同盟！

地下龙界一龙女，
若不结交于岭部，
包括财物宝藏等，
兴盛之日将无有；
上部神和中间年，
若不结交于岭部，
降伏魔日将无有，
所以心胸不能窄，
龙女弥贡鲁姆龙，
务必请到岭部落，
龙界各种珠宝物，
无尽宝库请到手！

1　顶宝龙王：又译邹那仁钦，马品木湖（又译马盆湖）龙王，格萨尔的外祖父。由于湖中龙族违反天条，因而天降瘟疫，龙族全部染病。莲花生大师施法治愈龙族，龙族为了感谢大师恩泽，除奉献龙宫奇珍异宝外，还应大师所求，龙王邹那仁钦奉献上三女梅朵拉泽。后来，梅朵拉泽与岭幼系首领僧隆匹配成婚，生下格萨尔，故史诗中称格萨尔为龙甥，即由此而来。

西扎乳海秀莫湖，
顶宝龙王之宝藏，
莫要污染净邪气，
山上动物不能杀，
鱼和青蛙不能杀，
积下善德戒恶行，
憎恨忌妒不能有，
时常修炼菩提心！
而后对于岭部落，
终有解决之时日，
上师预兆将继续，
祭品自由岭部供，
预言来自莲花生，
由此心想事会成。

听懂上师之预言，
不懂也要做祈祷！

唱完，上师沿着彩虹之道驾往西南邬金莲花域。破晓时分总管自然醒来，精神大振，相信神的引领和扶助会一直伴随岭部事业。于是，总管戎擦查根在岭部上上下下聚集的时候，端坐于中列首座宝垫上，将得到神预言和教导的消息，以歌的方式唱道：

唵嘛呢叭咪吽！
太平吉日法之身，
一切六道之众生，
虔诚之心做祈祷，
上师本尊和佛法，
对于三宝之根本，
莫忘怙佑引领众！
阳神战神守舍神，
勇士护法空行母，
时常扶助请保佑！
愿能击败众敌人，
岭王皈依于佛法！

此地当然你熟识，
黄河谷地之坛城，
阿吉达塘之草原，
六道众生之故乡，
上集下合好地段，
上师在此办法会，
修行菩提发善心；
长官在此颁法令，

分辨黑白是非地；
叔父辩言讨论地，
好坏策略商讨地；
勇士比武炫耀地，
降伏敌人击败地；
妇女酝酿甘露地，
丰衣食足欢乐地；
少女恋爱寻夫地，
贤者愚者分辨地，
比赛骏马速度地，
赢得荣誉炫耀地，
幸福神谷莲花原。

像我你等都认识，
早年风华正茂时，
紫色董曲潘纳布，
知识渊博顶尖者，
方便智慧双洞见，
六艺压治敌人者，
神圣喇嘛之施主，
下等穷人之父母，

上方岭部之母亲。

美丽岭部之地方，

所有男女僧俗们，

赐予吉祥之教导，

一切财宝要平分，

看见穷人要布施，

至今岭部皆知晓，

紫董后辈总管我，

为何管辖吐蕃地，

在我十五那年岁，

前往天竺之王国，

天竺法王和吐蕃，

圣地赞普两大王，

神圣喇嘛五千位，

请求派往吐蕃地，

邬金莲花生大师，

业因善缘来吐蕃，

一切心想自然成。

前年去年至今年，

果岭战争三年多，

人力财力全耗尽，

昨晚上师之教导，

战争祸根因热杂。

果部贡巴热杂他，

上至神界挑战争，

下至龙界搅不平，

来到人间引战乱，

果岭父辈挑内战，

果岭之间无需战，

虔心祈祷三宝佛，

慈悲布施众乞丐，

六道众生造福因，

果岭和平共相处。

此歌师言绝无错，

岭部父辈铭记心！

听完，岭部勇士对总管的唱词赞不绝口，倍感敬重。岭部上上下下祈祷三宝、布施乞丐，向守护善业和保卫佛法者敬献神酒，向乡神和土地神供奉朵玛，煨桑祈福。

当晚，莲花生大师就驾临天竺国尊胜雪山宫，降伏了诸多罗刹，静坐下来。被降伏的罗刹男女都信服于莲花生大师，并承诺一切听从于他。为此，莲花生大师收集了一百位罗刹男鬼的耳血、一百位罗刹女鬼的经血、一百位罗刹小鬼的脐带血、许多老人的肉和血、九名寡妇的洗澡水、九位罗刹男鬼的精液、九只黑狗的血、九头黑猪的血、九只黑鸟的羽毛、九个男鬼的獠牙、九个女鬼的围裙，还有妖星、恶魔、赞鬼和龙鬼等在地上所依之石，以及一百个男人的裤子、一百个妓女的裙子、寡妇的头发、断气的野牦牛、六十种盐碱地之灾运、各种口蹄疫等一切集于九种恶臭物的东西，加上污秽之地的破衣、治鬼之破帽、大咒师的符咒物等，把所有东西倒进一只黑牛角里，用黑色动物的皮将其盖住，再用黑马皮绳系好。然后，大师携着此牛角驾临龙界第一宝藏门，即玛旁雍措旁，指令地下龙界、上神界以及人间所有乡神和土地神，将那污秽物丢到龙界，威吓龙界将降下灾祸，并发愿龙界十八国人人成为聋哑、瞎子、麻风病者、瘸腿瘫痪、白痴、疯子等。从此龙界再无安宁之日，人人染上各种绝症，无法从病魔灾祸中挣脱。于是，地下龙界十八国国王一起前往顶宝龙王邹那仁钦处寻求救治办法。近喜龙王、弥贡嘎布龙王、护螺龙王、多哇纳波龙王、龙萨食香王等龙王聚集一起想对策。最终龙女弥贡嘎姆唱起开启智慧之歌：

唵嘛呢呗咪吽！

龙王请听请思考，

仔细听我慢慢说，

若要说那根本意，

空中雷声响震耳，

若说未听是聋子，

空中电闪似刺眼，

若说未见定已瞎，

严重病疫侵来时，

说我无事乃自欺，
病疫已遍满龙界，
一月之内龙王国，
各种灾难甚是多，
龙界四面之八方，
龙界上中下之间，
龙界十八国各地，
严重病疫袭来之。

地下龙界之刹土，
重大事变来临前，
所有高山都是宝，
所有树木都是药，
绿草都属六良药，
所有河流是药水，
所有石头是药石，
所有沙丘是金山，
所有白崖是银崖，
想要财宝自然生，
丰衣足食聚集地，
丝绸纹理具魅力，

各种食物具营养，
女孩自然生得美，
幸福地下之龙界。

正值今年这时节，
有人变聋有人哑，
说句好话难听懂，
有人手脚都变瘫，
想去之地没法走，
有人神志已不清，
做事无法分好坏，
穿衣不懂分粗细，
吃饭不懂分香甜；
龙界已被毒食遍，
治病良药何处寻，
怎样消灾可祈福，
依靠高法术咒师，
祈祷觉悟大智者，
或请妙算占卜师，
或求遍知算卦师，
如不依靠以上师，

严重病疫无法祛。

需要财宝不吝啬，
废话言语不多说，
龙界是个好地方，
祛病既能获安乐，
幸福之日上弦月，
再多钱财也无妨，
人之性命比金贵，
若获得救之方法，
龙界财物自然成，
财宝定会供奉之。

说话议论就要和，
大智意见肯定和，
依靠神界或人间；
龙王在此互商议，
每人需要说一句，
每人提出一建议，
每人要想一对策，
打开四方言语口，

知识乃是财精华，

智慧才是宝中宝，

有谁敢说此不对？

今日此聚众龙王，

若有想法便可说。

我想有利之办法，

邀请神圣之上师，

算师卜卦来辅助，

高法咒师施咒语，

派人东西南北请，

今日务必来参加，

紧张谋略之时日，

智慧不能昏暗愚，

话说有头要有尾，

词句简单要明了。

听懂愿能铭记心，

不懂此歌也无妨，

愿龙王们如此想！

唱完，龙女面带微笑从容等待。龙王们相互你看我、我看你，无任何表示。

此时，鲁堆嘉瓦妥嘎经再三考虑后，分析出此次病疫定是人间把被施咒秽物丢到龙界所致，于是，唱起救治病疫和报复人间之歌：

唵嘛呢呗咪吽！
财神矿主瞻巴拉，
成就财富不要错！
福分犹如须弥山，
愿它昌盛永不衰！
食物繁多胜大海，
愿能永无殆尽日！
龙界财富极丰富，
成就福分极圆满，
不分高低吉祥地，
这是龙界之家园。
白蓝黄色财神爷，
乃是龙界之财神。
湛蓝海域正中央，
人身鱼儿之翅膀，
龙女噶沃觉布啦，
我有正事要诉说。

不知我是何许人，

龙界珍宝之故乡，
赛塘广袤无垠顶，
集福珍宝之地人，
叫鲁堆嘉瓦妥嘎，
部众诸神与赞之，
黑水汹涌波涛中，
名称龙界妥嘎王。

原本龙界幸福地，
龙界财神众国王，
有事禀报请细听！
龙界宝库矿山中，
血雨腥风遍满地，
剧毒雾气罩天空，
发生各种病疫灾，
土灰土色之山顶，
底部人间来之人，
一庹然草在上谷，
集聚污秽施咒物，
丢向大海正中央。

鱼龟同胞被毒死，
人人染上重病毒，
起初发生重病疫，
是从底部人间来，
其次龙众之刹土，
尚被毒气遍侵染，
毒气污气被染者，
耳朵变聋眼变瞎，
毒雨侵蚀沾染处，
全身瘫痪变哑巴，
各种病魔引上身，
人间烂布臭靴子，
惹得龙界雪加霜，
上身中暑染病毒，
下身风湿将瘫痪，
腰部冷热相交加，
无法痊愈不治症，
任何医药都无效，
祭祀供奉做何事，
不见效能至四方。

西边达隆果茂湖，

东边乳海秋茂湖，

还有龙界之宫殿，

也受病疫之折磨，

尚有什么能救治，

迅速去往人间地，

要给人间放病灾！

听懂当作耳甘露，

不懂不会再吟唱，

愿龙王您如此想！

唱完，妥嘎龙王便建议一部分龙王去人间寻找病疫根源，备军作战。龙子纳嘎热杂、龙子嘉瓦妥嘎、龙魔泽丽独脚、龙魔阎王嗜血、龙魔食肉黑脸蛙、龙魔赞杰卡秀、龙魔扎拉朗加多杰等极其兴奋，还提议每一泉水源头都由一个龙王率领一千名龙兵驻守，把藏地所有植物、石土都烧成灰烬，并处处放毒，给人间制造极大灾难。

顶宝龙王邹那仁钦左思右想，深思熟虑后说道："龙界虽然发生了各种不祥之兆和灾难，但是一种现象出现是有原因的。我想看看算卦有何结果。"于是，在三层蓝色宝座上，戴着龙界各种宝饰品、四周环绕所有财神的璁玉顶髻者，笑嘻嘻环视左右后讲道："龙界祛除病疫，我有一个祭供的好办法。"接着，龙王邹那仁钦将需要占卜等事宜以江河缓流之调唱道：

唵嘛呢叭咪吽！

首先供奉诸神龙，

其次供奉勇空行，
再次供奉上师尊，
愿得三身之极乐！
龙界脱离病疫灾！
望我真心得清净！
如此病灾自会消，
神意真理无质疑，
最终必将心想成。
善念思想作引导，
终能获得解除法；
上弦供奉天上神，
下弦获得大成就；
若你布施更多财，
财源滚滚入家门。

那么龙界龙王们，
扑朔迷离很复杂，
虽说不是很劳累，
同样获得人之身，
着装穿戴却各异；
同样长有鼻和眼，

形象神色却各异；

同样都是血肉身，

种姓门第却各异；

看似一切尽相同，

思想举止却各异；

一样身为三界师，

利生事业却不同；

同样身为三界官，

法规真假却不同；

有人为了名和利，

极力争得高地位，

只顾自身利益之，

公正法律从何讲？

有人讲理守正法，

大权大势用法治，

弱小之人用法护，

业与果报安分守。

再次龙界龙王们，

恳请三思而后行，

有的龙界之刹土，

无明病疫虐四方，
如果不能消病疫，
备军争战无益处。
如何解救龙界土，
你我毫无甚对策，
问父问母也无策，
是火是烟更不了，
最终集思广益后，
能够找到好办法！

龙王我是如此想，
首先第一时间内，
请求神通占卜师，
看看占卦显什么，
此后要甚慢慢看。
古人谚语说得好，
做饭之前量陶锅，
盛饭之前量饭碗，
度过漫长之春日，
考虑昼夜之长短，
远行客人有走法，

出嫁姑娘有待法，
世代财富有积法，
一生饮食有吃法。

现今龙界之国度，
还有一些事要做，
相互都要和睦处，
融洽则好事皆成，
一代人之利他事，
供奉上师积福德，
各类长官要赞扬，
时常要与众人和，
不分高低要尊重，
此乃好人之品行；
坏人对于一小事，
相互争吵闹矛盾，
话音未落举刀子，
无有商量之余地，
打架纷争吵闹之，
不分白天黑夜争；
贪人夺财用武力，

夺得张胆做强盗，
不得背后做窃贼，
贪吃他物积自财，
此乃恶人之行为，
最终囚牢受惩罚，
此事千万别沾手！

在我龙界之刹土，
龙子纳嘎热杂儿，
迅速前往上师处，
多杰神通占卜师，
求得预言返回家。
此后龙界积善根，
如若龙界除病疫，
你我大家都幸福，
若要利己利他事，
只要利众皆安乐，
利于众生最光荣，
是否如此众龙王。
我顶宝王如此想，
你们是否有异议，

若无请听我指令，

若有每人说一句，

看谁办法可试行。

听懂龙王铭记心，

不懂不会再吟唱！

听完，龙王们谁都不敢说话，哑口无言。唯有白色护螺龙王连连叫好，对顶宝龙王赞叹不已。他把右旋白螺、佩戴宝饰的白马以及印有“白昼吉祥”字样的白色哈达，敬献给顶宝龙王，以表敬意，并说道：“真是感谢您啊，龙王，如您所说能办成甚好，龙界如果能够摆脱病疫折磨，积聚善根之事，龙众就这么去做！”接着唱道：

唵嘛呢叭咪吽！

首供龙界之神众，

方可消除一切病！

再供吐蕃之神众，

龙界十八各部国，

袭来未有之病疫，

望能立刻消除病！

黑头佛国吐蕃地，

三界上师最强者，

以及天神中间年，

下至龙界之众生，
本是同一父母子，
如此病疫之根源，
不知是从何方来，
三界上师世间佛，
通达一切见真理，
恳求救治龙病灾！
我这护螺之心中，
如果龙界消除病，
可从龙界十八国，
所有任何珍与宝，
供奉三宝无不舍。

策略办法既有之，
所有上师尊称者，
静住修习行佛法，
为了利众轮转世，
关照六道各众生。
竭尽普济群生者，
财富如影不离身，
唯有人身修上师，

唯独佛法征觉悟，
如不爱财无高低，
衣食住行等财富，
有无两字无区别。

如是龙界各部众，
快乐幸福和安乐，
夜来床榻舒适好；
柔软温暖和细腻，
众所需之皆知晓，
吃之粮和穿之衣，
众所有之皆欢喜，
如此可为利他事；
下方龙界财富中，
如意见喜天然宝，
火晶光热如日宝，
水银月亮螺晶宝，
兴盛智慧圆满宝，
金制清水精华宝，
兴旺财富之宝贝，
藏有蓝色之宝石，

还有如意事成宝，
龙界所有之宝贝，
一切供奉诸上师。

如果龙界消除病，
国泰民安享幸福，
上上下下皆安心，
四面八方都安乐，
你安我安大家安，
瘫者便可自行走，
聋者便能听佛音，
盲者即可观四方，
哑巴亦可高声唱，
疯子也能变清醒，
愚者变成精明人，
从此消病必解脱。
为此龙界之绸缎，
何需便可皆供奉，
此是护螺之承诺，
顶宝尊令无区别。

龙子纳嘎热杂你，

既是有望之能人，

智慧精明又善言，

策略计划又有识，

迅速准备去上路，

去往占师多杰旁，

请他占卜看卦象，

请勿忘记把预言，

务必工整写清字，

而后返回龙之界，

献于顶宝等龙王，

此可消除龙界病，

四面八方即可安，

众生安居可乐业。

若能实现这三愿，

下方龙界之刹土，

金银财宝无穷尽，

上师妙果无区别。

财富之主在于人，

无人财富有何用，

无鞍骏马怎么骑，

无人谁来供养神，

无神谁来保佑人？

龙界所有龙身者，

不能吝啬其财富，

上师多杰恩师他，

卦与占卜像如何，

善根自然由龙施。

听懂铭记在心间，

不懂即可再解释，

众龙愿能谨记心。

唱完，龙界十八国国王纷纷称赞顶宝龙王和护螺龙王的教诲，赞不绝口。

十八

龙子纳嘎热杂携带“珍宝龙鸟”白马、“白昼吉祥”哈达、右旋白螺、降伏鲸鱼珍宝等龙界宝物，作为供奉上师之贡品，行走三天后，从羊卓雍湖腾空而起，化作凡人，沿路询问多杰上师住所。有人说上师去了南方之擦瓦戎地方；有人说上师去了南方雅拉香波山脚下之修行洞，还有人说上师去了北方念青唐古拉山山麓村庄，总之，众说纷纭，无从辨真。最终，龙子纳嘎热杂遇到了羊卓雍湖牧区三百户中智慧超人、时常布施他人的智热牧主之女益西拉姆。只见龙子纳嘎热杂化身样子，中等身材、骑着白马、蓝色脸庞、蓝色眼睛、绿色头发，益西拉姆心想，此人长相奇特，绝非吐蕃人，但仔细观察后，又觉得此人轮廓和身段非常迷人。纳嘎热杂也被益西拉姆的美丽所吸引，便开玩笑地唱道：

唵嘛呢叭咪吽！

以歌赞美我之神，

心思洁白顶宝龙，

心如明镜护螺龙，

富有智慧弥贡龙，

日常召唤护法鲁。

地下龙界鲁财富，

喇嘛施主无区别，

父母儿孙无区别，

水和鱼儿常戏水。

其实尚有很多事，
天上日月之星辰，
在那星空自绕行；
大地地表之纹路，
若不绕路无法走；
地下清澈之泉水，
均匀渗透至地表，
顺着地势在流淌，
最终流入大海洋。

日月光辉照大地，
海洋水气化雨露，
龙界一致同意把，
上传水气下雨水，
永远水气和地气，
作为青龙飞翔地；
空中朵朵白云飞，
要不天空如碧玉，
为何青龙闪电鸣；

若无崛起之高山，
哪有雪山之概念，
山峰无雪山无冠；
若无甘露降大地，
百花植物怎斗艳，
如果百花不争艳，
山体无衣如裸体。

上师佛法授徒弟，
徒弟供品献上师，
师徒主从不分离，
不失诺言和戒律，
死后无债无包袱，
转世积德福安康；
属下遵循上级令，
属下悲欢报上级，
公正衡量真与假；
如果相互不交融，
主人犹如强盗匪，
属下好比流浪汉，
心心相融利益众；

美男心系美少女，
少女迷恋强壮汉，
彼此确定关系后，
谈婚论嫁积财产，
建立家庭生儿女，
那是众生之事务。

如是地下之龙界，
白雪皑皑之吐蕃，
必定相互要扶持，
下方清静之龙界，
上师得道千万者，
龙财龙宝运吐蕃，
吐蕃甘露献龙众。

那么美丽姑娘你，
父系母系又如何，
人性智慧又怎样，
请你直言告诉我。
窈窕艳丽之少女，
一定善良又坦诚，

问我又从何处来，
我是来自地下龙，
今天前来人世间，
来游吐蕃山水者，
请愿灌顶加持者，
修行佛法体验者，
愿做上师施主者，
施舍财富上供者。

要问神通多杰师，
闭关修行在何方，
地名区域叫什么，
占卜预兆和先知，
显现明镜怎么样，
民众口碑又如何，
曾有行礼朝拜否，
请你直言告诉我！

谎言欺诈和狡猾，
三样恶习要舍弃；
佛法加持和真话，

众人需求之三方；

立誓结盟之方法，

彼此诚心之基础；

男女相互嬉戏玩，

姻缘红线自然牵。

今天幸福之日子，

龙子跃出湖水面，

并与富家女相见，

幽默说笑相嬉戏，

都是前世之缘分，

三好兆头聚一块，

是否明白美少女。

听懂歌声做供养，

不懂请你多包涵，

愿美女能如是想！

听完，少女益西拉姆斟酌片刻，心想：这奇特之人定是在考量我，往日听说过龙界的存在，那有矿藏和金银财宝，也听说过有神界会用力量和幻变扶助救怙，对人世间给予援助和怙佑，心想之事均能成真；但是，如此奇特的凡人从未见过，也不曾有记忆，还说什么一见钟情，说实在的，前世缘分要听法王教令、父母祈福、上师心意。总之自有定数。眼前这人这话虽然不知道是真是假，但我不说三句话定会被视为哑巴，如果不说点调皮或者幽默的话，会被看做只会穿衣吃饭的人。于是，益西拉姆抖起精神，去如轻巧拂摆，来如舞者奔放，恰如空行母跳舞，舞姿翩翩，又如小鸟点水，轻盈敏捷，小鞋如彩虹炫丽，可制伏地祇[1]，收起羊皮袄衣角，作出特别温馨的样子，转过身来说道："呀，实在抱歉，你主动上前搭讪，我没理由不回答你。若能直言相告，直言如美丽神箭；若能曲言相告，路和话儿喜欢拐弯；若你听懂就侧耳倾听，不懂也请铭记心间。我说的是否正确，请三思，深思熟虑后再回答！"说完便唱道：

唵嘛呢叭咪吽！
诵经之声很神奇，
此声吐蕃之母语。
自身佛之坛城中，
静住益西措杰母；
右边安乐宫殿中，
静住恩重根本师，
四个关节四空行，
十方四部空行母，
颈部颈椎关节上，
静住智慧空行佛，
请勿放逸引我歌，
慈悲上师利众生，
悲悯引领正法路！

1 地祇（索朵神）：指保佑一方的主要土地神。

不知此地是何方，
上南羊卓碧玉盆，
在那圣湖之左边，
牧谷富饶之部落，
集居三百户牧民，
帐篷犹如山谷雾，
洁白羊群满山坡，
黑色牦牛如黑影，
牲畜乃是矿产主，
雅拉香波之下方。

不知我是何许人，
乃牧女益西拉姆，
父雅拉坚赞诺布，
母雅拉西噶措姆，
三岁之前起法名，
从未违背各戒律，
益西拉姆立下誓，
数次甘露浴身躯，
为了权势和福气，
数日举行福寿仪，

寿命福气无障碍，
此是我之实情形。

此地山顶皆是雪，
山腰岩石和草山，
山下平原长药材，
骏马驰骋栖息地，
幸福之地羊湖岸。
土气蓝脸之少年，
信你之言不说谎，
生人圣地不速客，
前往依靠人是谁，
虽说后方有龙界，
你有什么重要事，
如此求见占卜师。

神圣喇嘛多杰呢？
不知此地是何方，
羊卓雍湖之岸边，
神山山顶皆是雪，
只有雪狮来回走，

山下碧波之湖海，
只有鱼蛙来回游，
环环相连之湖中，
极乐波涛如供品；
吉祥上南之牧区，
外人禁止到牧区，
牧人禁止去外边，
平常没有话语权。

早先父母之教导，
此湖乃是龙界门，
顶宝龙王之南门，
吐蕃四翼族群中，
南方之羊卓圣湖，
北方之纳木措湖，
龙界两大宝藏门，
积德积财之宝地，
今日偶遇灰蓝男，
跨骑雪狮般骏马，
备有镶宝之马鞍，
身穿金色之丝绸，

神貌气质非吐蕃，
断定来自地下龙，
若有急事请直说。

神通多杰占卜师，
为何急切拜见他，
有何重大事要报，
拜见上师备供品，
有何请求献哈达；
拜见长官献哈达，
这是此地之规矩；
询问路况需哈达，
如此相互便说话，
讲话一定要坦诚！
神通多杰占卜师，
如今身处东西北，
你都不知我怎知，
道听途说之流言，
大城善说者套话，
两个皆有真和假；
但是男儿为何去，

一定坦诚要相告，

否则无人讲实情。

听懂男儿记心间，

不懂不会再解释。

唱完，益西拉姆接着说道："如果你不能坦诚相告，我绝不能对外透露消息。凡人都有好坏之分，谁都一时分不清谁好谁坏。我想地下龙界也如此，有的是传染疾病的魔儿，有的是对吐蕃有用的财主。如果不识真面目，透露信息计策可能会泄露；随随便便布施食物，食物营养也会减弱。观看日月星辰的布局和运行，龙界肯定降临了特大灾难，否则你为何要寻找神通多杰师？如果你还不想坦诚相告，我就要离开这儿，你走你的路吧。"说完迈步打算离开。龙子纳嘎热杂急忙说道："姑娘请等等，我有话要说。"便上前拦住她告知了此次来到人间的前因后果，同时拿出自备马鞍、右旋白螺、白昼吉祥哈达，又讲道："这些礼物是我此次从龙界专程带来想献给吐蕃的，也是拜见神通多杰师的供品。还有一件珍贵礼物，这三股绸系璁玉也是龙界的宝贝，为了表达我的心意，就算是跟你问询的礼物吧！"说完拿出美玉放在姑娘的前面，并弯腰屈膝，竖起拇指，像火皮袋鼓风一样一再向她磕头祈求。少女微微三笑之后，说道："呀呀，我不需要这个礼物，往后你还能用得上。上师居住的地方是这样的。"姑娘从地上拿起那三股绸系璁玉，放回他的手上，唱了一首详细回答上师居住地方之歌：

唵嘛呢呗咪吽！

唱首阿拉塔拉歌，

塔拉乃是歌唱法。

上师本尊佛三宝，

由衷虔心做祈祷，
教化六道苦难者！
天下一切芸芸众，
自从诞生之日起，
都要面对人生苦，
愿能众生度苦海，
丰衣足食得幸福！

不知此地是何方，
上南羊湖富饶地，
归根结底你要去，
拜见神通多杰师，
想要占卜和算卦，
地下宝土龙世间，
疾病瘟疫在泛滥，
此事事实乃真话。

按照人类之活法，
瘟疫疾病不缠身，
不会想起神和师；
病魔危障不出现，

不会想起去占卜；
饥寒交迫不经历，
不会想起父母亲；
如不行走遥远路，
不知骏马之恩惠。
世间我们人身躯，
无羞无耻无信用。

但是英俊之龙子，
你到人世之意明，
遇我少女是好事。
我是良家之女孩，
父氏耿直富豪牧，
母氏清净如玻璃，
恩爱父母之儿孙，
福气运势都不一；
金眼闲游之鱼裔，
水中技艺都不一；
雪山狮子之后裔，
称霸雪域都不一；
大鹏鸟儿之后裔，

翱翔翅翼都不一；
有福之人之种族，
衣食财富都不一；
不是我在自夸耀，
其实事实就如此。

所以英俊之龙子，
上师神通多杰师，
雅拉香波之山麓，
扎西拉宗之山洞，
三十鲁军在守护，
闭关修行不出洞，
你想拜见神通师，
今天傍晚之时刻，
上边绿山草地上，
遍地牦牛如黑云，
洁白羊群似星星，
黑色帐篷如草山；
犬狗虎狗和豹狗，
狗有三十余品种；
帐篷大小有五种，

好言好语问清楚，
禀报龙灾之情况，
言之有理要忠诚，
如是梦想能成真。

意志专注去拜师，
句句真话无欺诈，
岩谷夏噶拉宗中，
得道神通多杰住，
预言先知之主人，
闭关修行之上师，
预言先知如明镜，
能否得见依上师。

听懂当做耳中糖，
不懂不会再解释。
愿龙子能铭记心！

龙子纳嘎热杂听完非常高兴，向她磕了三次响头并把璁玉献给了她，按指示朝西南方向行走。走着走着，龙子看见一个黑帐篷如大海迷茫、黑牦牛如乌云滚滚的地方，凶猛如虎豹的獒犬，宛如羊群洒落在草原上，隆隆犬吠声使人万分胆怯。呆望时，女仆扎西拉宗向他走来，龙子说出了到此地的真实原因，并递上益西拉姆的路引。女仆扎西拉宗将信呈给母亲西噶拉宗，母亲上报给父亲智热诺杰。父亲说道：“让客人进来吧，今晚让他在我家西边客房里休息！”接着奴仆噶玛孟智邀他进房，给他的马匹喂饱草料，又为他摆了一顿丰盛的晚宴。在此期间，龙子把龙界发生的灾难如实说给了父亲，父亲听后写了封信给上师。

次日，奴仆噶玛孟智迎请龙子来到神堡静室路口护法神殿，虽然他们相互不认识，但他们在此共同享用了美餐美酒。之后，龙子纳嘎热杂把骏马、白螺、绸缎等供品供奉给了上师，并请求见他一面。于是，神通多杰上师步入莲花光殿，在五彩宝座上坐下后，听纳嘎热杂讲起龙界发生的病疫等情况。龙子以湖水旋流调唱道：

唵嘛呢呗咪吽！
敬一敬二敬三次，
第三敬神敬上师，
敬奉吐蕃之财主，
敬奉无尽财富王，
语言无碍讲一语，
誓愿正确之思想，
得以拜见您真身。

虽然不知在何方，
幸福雅拉香波地，
闭关水晶修行洞，
乃是上师之宫殿，
不知我是何许人，

来自地下龙之界，
嘎沃觉巴龙儿子，
顶宝龙王之侄子，
都称我纳嘎热杂，
能言会道之龙子，
承办大事之能者，
句句真情无假话。

有件大事要相求，
龙界十八个小国，
就在前年这时候，
本月十五之时日，
龙界下了一血雨，
毒气弥漫升天空，
其次男女之毡垫，
围裙裤子大小便，
铁棒生锈衣鞋破，
头发鞋子皆腐烂，
各种毒气之气味，
都从牛角喷涌出。

灾难发生之日起，
从此龙界各地方，
不分男女和老少，
有的得了眼盲病，
有的得了耳聋病，
有些满身长水疱，
有的脚丫粘屁股，
有的手掌粘胸口，
有些歪嘴得面瘫，
哑巴疯子更多了，
不知故乡不念家，
不知羞耻和尴尬，
失去记忆逛山谷，
不能分辨白与黑，
也分不清头和尾，
不知外人和内人，
时常不知饱与暖，
不知伤悲和欢乐，
东南西北在何方，
根本没有方向感，
辣味甜味分不清，

污垢禁忌不在意，
早晨拂晓和日出，
何时吃饭和饮茶，
家丑外言都不清，
不知害羞和耻辱，
上述疾病治疗法，
望请上师能指教！

这条白昼吉祥绸，
地下龙界之刹土，
象征聚财之白绸，
地位显赫之白绸，
洁白无瑕如雪山；
威望福气之白绸，
织有各种吉祥图；
象征英勇之绸缎，
织有各种野兽图；
拥有财富之白绸，
织有海洋之水纹；
心想事成之白绸，
织有吉祥八宝图；

是条迷人之白绸，
织有七种宝物图。
天竺汉地挂其绸，
织有虎狮鹏龙图，
系有万字吉祥图，
绫罗五颜六色多，
绸缎编织在于汉。
清软薄柔像微风，
火红兴盛如日出，
飘忽不定像水纹。
吉祥图案之绸缎，
天女空行亲手织，
众多上师之经幡，
很多长官法律旗，
策马加鞭鞭杆旗，
盖世英雄英勇旗，
勉励赞美赞誉旗，
用来赞美之龙旗，
我从龙界带回来，
今天献给上师您，
求您指教我龙界！

手中右旋此白螺，
地下龙界宝藏中，
除了右旋此白螺，
尚有很多动听之，
红黄白纹之海螺，
天然珍珠比比是，
但无任何媲此螺，
此螺外壳比雪白，
光泽闪闪天神螺，
音响千里之白螺，
望给吐蕃带好运，
能够替代占卜金！
镶有白驹珍宝饰，
声响隆隆之白螺，
其实天然而成之，
螺腰年神在围绕，
上身神纹活生生，
五彩绫罗飘飘然，
下身隆隆之龙声，
毛纹水纹脉络明；
金鞍艳阳似高照，

犹如高空之太阳，

温暖肥沃之大地；

马鞍后桥银巴扎，

宛如十五银月亮，

好比驱散黑暗月；

镶嵌宝物珍珠绫，

聚有九种珍宝纹，

马蹬生铁铸造成，

肚带丝绸来纺织，

后鞧羊毛编织成，

纯金水纹之辔子，

神咒五部空行具，

金纹银纹脉络晰，

珍宝装饰之宝马，

供奉神通上师手，

希望上师救助我，

龙界疾病之根源，

救治此病之方法，

利益众生之上师，

举行何等之法事。

望能如是请预言，

闻后上师请理解，

上师心中记如此！

唱完，神通多杰准备为其占卜，首先观想生起次第，顿时眼前浮现出莲花生大师。他头戴九尖莲花帽，发髻披背，眼望上空，慈爱充满世间，天杖依左肘，右手持檀木鼗鼓，左手持银制铃铛，金刚跏趺而坐。多杰神通上师心想，应向莲花生大师求教预言，于是心中向莲师做起祈祷，三次旋转念珠后，听到莲花生大师唱了一首预言道歌：

唵嘛呢叭咪吽！

唱首阿拉歌供奉，

塔拉心想皆事成，

世间诸神来助我，

圆满预言确无误，

神功神术自由行，

须弥年神来助我，

毁灭黑魔之教派，

弘扬佛陀之教法。

吐蕃建立幸福乐，

消除妖魔等鬼怪，

望能敞开龙界门，

积聚财富衣食足！

雪域极乐之世界，

虎背熊腰壮士地，
男人皆是英雄裔，
女儿皆是空行裔，
今日急需时机熟。

不知此地是何方，
幸福之地水晶洞，
夜以继日修佛法，
神通多杰修行洞，
分辨黑白之占师。
不知我是何许人，
不在近处在远方，
来自圣地天竺国，
诞生在于乌仗那，
传授佛法在雪域，
心怀苦难之众生，
利益众生度苦海，
慈悲之心救地狱，
阴间普度众生灵，
望能积财长寿命！

生活世间黑头人，
若有意外能消除，
也可治愈各疾病，
举行法师有僧侣，
如果施主不失信，
信仰执念环环扣，
师徒形影永不离，
生死两界都有效。
长官部属不分离，
指令祈禀各有时，
权势地位不分离，
积聚财富之时候，
业缘福气心相印。

于是神通多杰啦，
你在观想做祈祷，
我给明确之预言，
地下龙界之地方，
远道而来之客人，
龙子纳嘎热杂他，
前来你处求救法，

我这先知明晰言，
若不完成重大事，
神通多杰为虚名，
丁点差错不能出！

地下龙界之地方，
四百四十多种病，
一千零八十种障，
无故死于非命者，
救度之法我有之，
你要如此去预言：
地下龙界之国度，
在那天竺灵鹫山，
修行空性彩虹洞，
听说莲师住那里，
有事找他祈禀报！
如果莲花生大师，
不能邀请到龙界，
无法根治龙疾病，
龙界不会有幸福。

十万瘫痪聋瞎子，
没有办法治好病，
更无欢天喜地日，
也无丰衣足食日，
穿丝好像穿粗布，
耳聋永不听见声，
瞎子永不看见物，
瘸子永不能走路，
哑巴永不发出声，
这些务必告龙子。

星月星辰吉祥日，
专门占卜龙界事，
莲师务必请龙界，
度化龙众靠你我，
若你如实不相告，
违背我令我誓言，
因为师徒之关系，
你我之间建立的，
如同国王与大臣，
彼此肝胆互相照，

还有父母儿子间，

心心相映水乳融，

牲畜分配无穷计，

人间幸福永不败，

是否知晓多杰啦，

请你专注我之歌，

度化龙界让我去，

治病击魔让我来。

说话多了无益处，

听懂请你记在心，

不懂不会再诠释。

听完，神通多杰向龙子纳嘎热杂说道：“呀呀，善男子，占卜算卦的结果我现在如实告诉你，需要尽快举办很多法事，把莲花生大师邀请到龙界，你献给我的这些礼品请带回去，到时献给莲花生大师，千万不要失去信心，不要失去承诺！”并给纳嘎热杂唱了一首宣令之歌：

唵嘛呢呗咪吽！

上师明鉴上师鉴，

山庙莲花无量宫，

三时通达上师鉴，

时常扶助请引导，

神通前世之主人，

莲花大师敬请鉴，
指明方向引领我，
消除愚钝之恐惧，
望能下令并指挥，
一切众生慈悲度，
时常关注六道众！

此地雅砻水晶洞，
占师多杰之山洞，
非人神鬼像暴风，
道路畅通无阻扰，
众多人众来占卦，
知与不知有很多，
有些说的不太准，
上方天神之乐土，
赞和泰让之幻术，
妖魔鬼怪等转佛，
若不洞见空性法，
欺骗众生是其性。

从天降下之雨露，

若不营养润土地，
好似引领暴风雨；
上师常年闭关修，
若无先知和预言，
妖魔是其刽子手；
三界统治之王者，
真假因果不秉公，
好似山寨之强盗；
胸怀大略之长辈，
如不各地上下熟，
自诩自夸受辱因；
常年做饭之厨师，
如果烹饪无经验，
无法度过春困日；
腰束三械男子汉，
若不击败眼前敌，
腰束三械是摆设；
穿戴璁玉美少女，
超妖气质迷众人，
如不找到如意郎，
则为浪子之客栈；

俊俏矫健之骏马，
若不疾驰上下坡，
浪费饲料喂食草。

凶猛小狗之狂吠，
自为青龙霹雳声；
下须如刺之公羊，
自为凶猛之狮子；
低贱母亲之女儿，
自为高贵女皇者。
心思混乱皆幻觉。
启禀敬贵莲师尊，
神通多杰占师我，
常年山洞修佛法，
无法辨认神与魔，
不能辨认活死鬼，
有形无形不明了，
夜以继日学佛法，
地狱之情不明了，
自然清净之刹土，
极乐之性不明了。

智者修行之山洞，

乃是神鬼出没地；

山下谷口卖身女，

浪子玩耍之工具；

羌塘骗子之歌谣，

故乡部落谩骂之，

其实现今都如此。

再说地下之龙界，

有何益处和伤害，

虽说我等不清楚，

但是南方天竺国，

灵鹫山之深林处，

邬金莲花生大师，

静住白岩水晶宫，

预言先知他掌握，

神术恶咒拥有者。

疾病将毁你龙界，

手中所有鲁贡品，

谁若无私奉献他，

驾临地下龙之界，

若能圆满办此事，
故土王臣之中间，
圣才尽显其功德，
王者赏赐英勇旗，
众人赞语不绝口，
留下口碑传后代，
龙界迅速离疾病，
地下龙界和吐蕃，
互赢互利水乳融，
治愈龙界之疾病。

莲师若能亲莅临，
吐蕃需要之宝物，
龙界肯定皆有之，
以我占卜和算卦，
算出结果是如此，
请勿三心二意想，
一心一意赴天竺，
莲花大师会亲临。

听懂当做耳甘露，

无懂可以再询问，

愿龙子能记在心！

听完，龙子心想，从龙界来到雪域高原，千辛万苦找到占卜师，得知需要拜见莲花生大师，如果不能拜见莲花生大师，现在回家岂不是白跑了一趟，不如尽快把莲花生大师邀请到龙界。心中想定，龙子与神通多杰告别。此后，他夜以继日奔波，忍受饥渴，不辞劳累，前往南方天竺。在这十天里，无论遇到什么人，龙子便询问莲花生大师修行处，但均未得到答案。十天过后，龙子终于来到天竺金刚地，心想拜见莲花生大师的时机已经成熟，便向灵鹫山祷告。第二天天刚刚亮，龙子来到一座白色岩山，此山好似马儿牙齿参差不齐，山峰直入云霄，灵鹫盘旋，百鸟齐鸣，细雨淅沥，绿叶茂盛，好似极乐世界。在一修行洞门口，龙子遇见了一位长胡须长眉毛的老僧。他头戴黄色僧帽，边诵经边做朵玛，把朵玛观想着施舍于饿鬼和非人；他撞击铃铛叮当作响，眼睛盯着空中，专心无二。龙子纳嘎热杂心想，这位会不会是莲花生大师，先问问再说，如此慈悲、改恶引善的圣人应该不会奸诈，如此想着，便站着磕了三个头，弯腰磕了三个头，又以不站不弯的姿势磕完三个响头，然后从颈挂护身盒里掏出一条蓝龙界绸缎，绸尾拴着帝青蓝宝石，双手举起绸缎，唱起诚恳邀请莲花生大师亲临龙界的歌曲：

唵嘛呢呗咪吽！

敬一敬二敬三次，

第一敬奉天上神，

若无歌声敬诸神，

无法办理重大事；

第二敬奉天竺国，

天竺佛法修行洞，
敬奉根本上师佛，
若不敬奉上师尊，
有话向着谁询问，
无法完成大事业。

不知此地是何方，
树木茂盛枝叶密，
猿人猴子玩耍地，
春风细雨润大地，
遍地盛开嫣红花，
白色岩山如哈达，
好似献给天神礼，
敬请上师听我言。

不知我是何许人，
来自龙界十八国，
嘎沃龙王之爱子，
都叫我纳嘎热杂，
龙界自有十八国，
龙王则是顶宝王，

护螺噶瓦弥贡三，
专注善方神之事，
吐蕃赏赐成就者，
传授佛法神力者，
圆满胜利之坛城，
福气宛如大海广，
相应部众赐成就。

我到此地是因为，
地下龙界之各方，
出现很多不祥兆。
前年年初之时日，
天降血雨血成海，
地上毒气满山川，
众多女性掉头发，
狗尸猪尸和马尸，
血肉腐烂之污水，
百名男人之精液，
百名寡妇之月经，
街头妓女裙子等，
都从牛角喷涌出，

带着疾病毁龙界。

邪恶笼罩龙之界，
有的手脚已瘫痪，
有些成了聋哑人，
有的痉挛疯人多，
疾病瘟疫虐蔓延，
上师是否知此事？
若无救治之办法，
龙界将会空无人，
请问上师有何法？
我从龙界前来时，
雅砻水晶修行洞，
遇见神通多杰师，
携带贡品去拜见，
神通上师多杰讲，
若想解救龙之国，
立即启程去天竺，
神圣之地天竺国，
在那巍峨灵鹫山，
莲花大师在修行，

前去如实禀报他，
邀请尊贵之上师，
请求驾临龙之界，
敬献财物和贡品，
占师如此给我讲。

镶嵌珍宝之哈达，
金螺以及银子山，
火镜水镜等宝物，
大地精华黄色金，
还有右旋之白螺，
以及如意之珍宝，
积聚财富之宝物，
矫健骏马身心语，
阿亚赞巴等珍宝，
刺刺山羊[1]福羊角，
洁白绵羊之宝物，
蓝色水牛宝物等，
所需万能之珍宝，
都在地下龙之界。

1　刺刺山羊：“刺刺”形容山羊好动。也有说山羊爱吃荆棘，荆棘的藏语音近“刺刺”，故称山羊为“刺刺山羊”。

若能惠及吐蕃众，

按师教令献吐蕃，

如果上师不言语，

不知需要献何物，

地下龙界之地方，

有何珍宝一切皆，

敬献给您作礼品，

愿上师能如是想！

龙子歌音刚落，莲花生大师也刚好完成施舍，给饿鬼、男鬼、食香者、阿修罗等妖魔鬼怪施予朵玛。莲花生大师两眼静静盯住高空不动，过了一会儿，他转过身来看到龙子在弯腰磕头、手捧蓝色哈达做祈祷，于是，对龙子纳嘎热杂唱道：

唵嘛呢叭咪吽！

上师三世佛明鉴！

头顶珍宝宝座上，

敬请根本上师鉴，

敬请释迦牟尼鉴，

敬请慈悲大海鉴，

敬请噶举上师鉴，

敬请宁玛上师鉴，

敬请噶玛上师鉴，

敬请噶当上师鉴，

恩赐成就和加持，
助我一切心想成！

不知此地是何方，
天竺南方之圣地，
巍峨圣山灵鹫山，
白色红色杂色岩，
神龙年三之宫殿，
像我莲花生大师，
不是著名之大师，
永远受戒之比丘，
所以身着袈裟装，
身为佛教之教徒，
佛法善根与修证，
我无丝毫修行果。

但是龙界之善男，
正值需求之英儿，
有话请你如实讲，
龙界疾病之灾难，
我等解脱其困扰，

龙界所需之珍宝，
一切必将运吐蕃，
完成吐蕃之大业，
是否可以应承诺，
如果可以你决定，
龙王指责和推卸，
或者忏悔要担当，
不懂不知未看见，
不是不做不施舍，
希望龙界商榷好，
大家一致皆同意。
历经苦难是命运，
如果利于地下龙，
老僧我不得不去。

请听蓝白灰色儿，
我有忠言想告知，
水中鱼儿水里游，
明知冰冷还游荡；
野狼一日翻九谷，
明知艰难还坚持；

霹雳闪电降下来，
驱逐大地妖魔鬼，
明知很难是命定；
三界上师度灵魂，
其实自身很难保，
阎王可怕很凶恶，
明知胆怯也无法；
威严秃鹫吃人肉，
明知肮脏仍吞咽。

下方龙界之地方，
消除灾难是好事，
本月十五之时日，
龙界所有十八国，
父老乡亲都聚齐，
聚在龙界吉祥地，
何地幸福聚哪里，
等到时机成熟时，
不用来请我自到。

还有一些说清楚，

闭关修行之禅师，
挑水烧火侍从三，
不需刻意要准备，
小官无卒自行者，
自己可以备马鞍；
长有翅膀之小鸟，
虽说自己无双手，
鸟嘴可以啄虫子；
没有父母之孤儿，
也无财产无牵挂，
照料自己就可以。
如是上师之诺言，
驾临龙界之中心，
龙界十八大小国，
同心同德为此事，
付出一切要承诺，
其他事宜来日说。

那么蓝白灰色儿，
龙子纳嘎热杂啦，
尽快启程去羊卓，

羊卓雍湖之岸边，
来来往往皆认识，
碰见熟人有何言，
行径住宿要问好，
至于衣食等干粮，
未到龙界之以前，
任何意外不会有。

听懂龙子铭记心，
不懂我会再解释。

龙子纳嘎热杂听完指令，连磕三头，说“遵命”，然后退九步转身，从天竺返回吐蕃。当他从天竺启程时，曾供奉给神通多杰的金鞍金辔之白马、右旋白螺、镶有蓝宝石的哈达等，已被化为人身的神提前运到了羊卓雍措湖口，像是主动来献给智热牧主一样，出现在他家门口。智热牧主看见这些东西以为龙子已经回来了，准备上前迎接客人，他卸下东西，栓好马，给客人准备了丰盛大餐，却不见龙子，于是将白螺福箱放在高处，哈达挂在福箱上，鞍辔收入仓库，等待龙子到来。

十二天后，龙子到达智热家门前。牧主邀请龙子上座，彼此交谈了许多，并留宿一夜。第二天早晨天刚刚亮，龙子便步入羊卓雍湖南门，龙女和龙王对其盛大迎接，回了龙宫。

十九

龙子纳嘎热杂到达迥布龙王的宫殿后，父母、儿子等全家人团聚了三天三夜。之后，他们亲子三个蓝人骑蓝马，带领十五位侍从去往顶宝龙王王宫。顶宝龙王雄伟的如意宝宫中，设有金座、银座、海螺座、璁玉座、珊瑚座和彩绸座等等。顶宝龙王安坐在其中的璁玉宝座上，龙子与其父母分别坐在龙王左右的彩绸宝座上。茶酒等美味佳肴应有尽有，非常壮观。龙子纳嘎热杂向顶宝龙王敬献了一条洁白的哈达，以唱歌的方式禀报了此次前往人间，拜见神通多杰上师，又通过神通多杰上师的介绍，去往天竺国拜见莲花生大师等经历与所见所闻：

唵嘛呢叭咪吽！

敬一敬二敬三次，

敬奉世间之三神。

吐蕃卫藏之四翼，

下朵康地区六岗，

上阿里三围之地，

所有吐蕃之上师，

获得成就神通者，

正确无欺护法神，

智慧通见引领我！

不知此地是何方，
龙界上方玉塘滩，
玉热朗宗城堡地，
财富珍宝发源地，
牛羊牲畜之基地，
奢侈享用之地方。
在这彩绸宝座上，
我等你们都熟知，
请听顶宝龙界王，
有话向您来禀报；
我是来自上宝谷，
嘎沃迥布之小儿，
龙子纳嘎热杂也。
走到哪里办实事，
幸福之光照天下。

当时我是去羊湖，
到达羊卓雍湖后，
羊卓雍湖之岸边，
黑白牲畜吃草者，
成群牦牛如阴影，

遍地羊群如星星，
此后遇见美少女，
美丽如花如天女，
心肠善良露笑脸，
具有福气之伴侣，
担当俊男之贤妻，
吉祥八宝之女子，
上前问路并搭讪，
询问人间重大事，
脸上微笑如太阳，
嘴中牙齿如珍珠，
说话动听如法音，
吉祥如意之女子，
此时羊湖岸边走，
询问占师多杰者，
现在何处居哪里，
回答之中得到之。

信河开口之智者，
通过慈悲玄外音；
执政利众之长官，

通过因果讲法律；
温馨善良空行裔，
通过嬉戏讲真话。
雅砻江河流域处，
天然水晶修行洞，
有位智者在那里，
但那少女没告诉，
让我去找她父亲，
其父叫智热诺杰，
其母叫扎西达措，
问她父母就清楚。
于是前往少女家。

黑色帐篷之门前，
遇见智热诺杰啦，
相互问候之时候，
热情迎接到帐篷，
请到白色毡垫上，
大摆丰盛之宴席，
宴间得知好消息，
上师静住水晶洞，

让我不要心火急。

次日天空破晓前，
结伴昴宿星之光，
携带白马等礼物，
前往拜见占卜师，
求见智者多杰啦，
占卜算卦请预兆。
最终算完向我说，
占卜酬金牛马等，
多杰不需给吐蕃，
或者献给莲花师，
无有远近请祈祷，
龙界解脱疾病因，
铜色山上之宫殿，
静住八相莲花师，
邬金莲花生大师，
现今居住天竺国，
就在南方灵鹫山，
听说闭关在禅修，
去往他处有好事，

恳求驾临龙之界，
若能请到治疾病。

于是不停往天竺，
经过十五天之时，
最终到达灵鹫山。
大寺如日丽堂皇，
小寺如星光辉煌，
山洞如虹五彩色，
邬金莲花生大师，
披发于背如瀑布，
眼盯空中如日出，
慈悲之光照世界，
左右手持碰铃乐，
朵玛食水无穷尽，
无形饿鬼和非人，
食香妖魔等鬼怪，
已至供养朵玛日。

我把龙界病根源，
如何发生告莲师，

莲师沉默一段后，
开口说话第一句，
说我龙界起程日，
地下龙界十八国，
除你之外似无人？
一人决定有点难，
是否过于自断呼？
除非称霸或独断？
龙界十八大国事，
定需与他人商量，
如果一人能解决，
我可前往你龙界。

上师弟子奉律仪，
师徒之间守誓言，
坚守父子之意识，
谨守君臣之因果，
疾病瘟疫等治愈，
虔心诵读咒语集，
洗浴开光即可除，
如我不去地下龙，

疾病不能全治愈。
说着准备返回时，
如不答应我请求，
死也跪在此地时，
停步辗转几句后，
最后应允赴龙宫。

龙地食物财宝等，
所有珍宝和财物，
将会送往雪域地，
满足上师之心愿，
承诺所需将全供，
誓言永远不改变。
于是上师吩咐道，
当天让我回龙界，
下月十五之时日，
他将前往我龙界，
不需迎送等仪式。

以上皆是上师言，
还有何事龙王们，

所见所闻只如此，

带回好言也如此，

各位龙王请商量！

听懂龙界之供养，

不懂龙界之灾祸。

唱完，龙子入席而坐。其他龙王商榷许久后，最终顶宝龙王说道："商榷多久也无济于事，请十八国的龙王本月底在乃乃玉塘中部准备迎接上师。"接着顶宝龙王让很多飞鸽将通知书送往龙界各地。二十日之后，玉塘中部汇集了来自各个龙族的无尽财宝。为了不使十八龙族的帐篷混淆，白龙住在白色帐篷，黑龙住在黑色帐篷。四面八方黑白帐篷犹如繁星一般不计其数，挑水的犹如小鸟落地、熬茶的蒸汽如云雾密布、拾柴烧火的如冰雹降落、灶石如石山滚落、咯咯嗦嗦声响彻乃乃玉塘。一日，所有龙王汇集在蓝色的帐篷内，布置上师宝座及招待用的佳肴美食，供奉上各类如意宝贝。

六月十五日那天，天空布满彩虹，上师踏着彩虹而来。天空中飘满红白等多种颜色的花雨，淅淅沥沥；海螺、唢呐、碰铃、锣鼓等声响喧天；天女、空行母舞姿翩跹，随行勇行步履齐整；其余上师金帽煌煌，护法经幡招展，无数随从簇拥上师来到了龙界。十八国龙王手捧各色哈达迎接上师。蓝色大帐篷内摆满各种水果等丰盛佳肴。上师进入帐篷入座，并答应将在龙界暂留七日。

当天，龙界的所有河水变为琼浆，花朵格外鲜艳，植物格外茂盛，砂石自然天成，法音不断。龙界老百姓准备好上师转法轮时所用的一切物品。上师讲法、灌顶、加持后，各类疾病自然消弥殆尽。胜似药物产生的效果，七天之后哑巴们开始大声歌唱、瞎子们可以观看节目、聋子们能听到上师的教诲、瘸子们开始跳舞、神志不清者变得聪慧起来，还有麻风病和传染病等也消失不见。龙界的姑娘恢复了往日的容貌，变得楚楚动人。龙界的所有百姓逃脱了病魔的折磨。于是龙界百姓高声呐喊：“如果没有上师，我们龙界的百姓不复存在，感谢上师。”大家纷纷将自己身上的宝珠和首饰解下来敬赠上师，璁玉、黄金、珊瑚、珍珠等立刻堆成了一座小山。

然而上师缄默不语。之后龙王们将黄金华盖、银山、如意阴阳宝、如愿宝、蓝宝石、格格热宝、黄金、珍宝不空绢索、天然成就宝、蓝色水牛宝等各类珍宝也供奉给了上师，上师依旧凝重不语。龙王为首的龙界众生对此感到十分困惑，这时上师指着顶宝龙王的妃子说道：“你过来！”妃子顿时面红耳赤，徐徐走到上师面前，弯下腰准备磕头，上师又说道：“请到我的住处来！”龙界的百姓，对于上师不选其他女人或者女孩而指定龙妃感到诧异。上师显得有些不悦，移驾回宫。龙妃觉得师命难违，但是又感到羞愧难当，缓缓走到上师住处。见上师依旧沉默不语，龙妃连忙跪在地上磕头，上师说道：“龙妃，我今天有要事相求，你可答应？”龙妃觉得如果答应可能惹上师违反戒律，如不答应上师定会发怒，后果不堪设想，所以思前想后，一直不敢开口。过了很久龙妃终于答应愿意。上师说道：“你家不是有很多既富有又美丽的女儿吗？”龙妃回答道：“有。”上师问：“可否将一个体贴漂亮、身姿曼妙的少女献给我？”龙妃思衬再三后说道：“我一介妇女不敢草率决定，请待我向顶宝龙王禀报。”上师道：“三日之内一定要回答我！”

龙妃将上师的所求告诉顶宝龙王后，顶宝龙王说：“上师此次到龙界迎娶妃子，有利有弊。”三天之后，龙王召集十八大小龙国的所有龙众，并将上师的加持物分送给了龙众百姓，然后对众人说：“上师此次前来不要金山银山，只要一样东西。”众龙感到惊奇，七嘴八舌议论，那要什么？绸缎、牛羊、骏马、珍宝？顶宝龙王说道：“都不足以挂齿，牲畜怎么能服侍上师，当徒弟也不行，那些东西对上师有何用？”顶宝龙王怒斥其他龙王不识大体，但又有些羞愧言说，便将上师的所求通过歌声唱道：

嗡嘛呢叭咪吽！
唱首阿拉来供奉，
敬奉赞巴持光者，
犹如天上一轮日，
白色龙王赞巴鉴！
福禄财宝之主人，
黄色赞巴金树者，
金光照耀莲花艳，
红赞犀牛肤色者，
手下黑红两财神，
今天前来扶助我！

北方广闻天王子，
所有矿物之主人，
今天帮我顶宝王！
中间财神赞巴拉，
四周千名佛环绕，
赏赐佛法和成就！
相依为命黑头人，
敬上施下敬佛陀；

礼来礼往朋友财，
相互请客近来俗，
如是相互多帮忙！

不知此地是何方，
龙界十八大小国，
犹如宫墙环绕之，
如此宫殿难寻觅，
寺庙一般在供养，
龙界幸福之佛堂，
辽阔无边绿草原，
龙众聚集的故乡，
如海巨大帐篷内，
各大龙王在就坐，
皆是财宝之矿主，
财富财物都相等，
官职地位都同等。

请听各位龙王们，
有些话儿要相告，
不会让你不耐烦，

无论何时都铭记，
相互依靠很重要，
上敬下施不能丢，
尊重父母等亲人，
黑头人和地下龙，
终归都要互团结，
上师精神龙界梦，
志同义合水乳融，
说句实话真如此。

天上日月和星辰，
四洲若不被照耀，
无有天界和龙界，
也无你我他之分，
不分高低和贵贱，
命定黑暗为其性，
都是太阳之恩惠；
皎洁是清爽月亮，
众事是二十八星，
都是日月之恩惠，
如是相互被温暖；

地上江河也一样，
太阳光辉若不照，
海水蒸雾不升空，
蒸汽若不升天空，
天上不会飘云彩，
天上若不飘云彩，
地上不会降雨水，
地上若不降雨水，
植物花草不会长，
如果植物不生长，
黑头靠谁来生活，
都是相互依靠之。

所以高原之吐蕃，
地下龙界十八国，
相互紧密连一起，
需要联系之根本，
假使遇到重要事，
如果彼此不照顾，
世界形成无意义。
世间形成之树木，

需要骨肉之枝叶，
更要男女之绿叶，
若不生儿或育女，
谁来建立此人间，
如果子孙不繁衍，
谁来主宰此人间；
若不满足上师意，
福寿法事谁来做；
植物花卉不生长，
六味药物从何来；
大部没有贤明者，
如何治愈疾病者？
若不治愈人疾苦，
百姓生命谁来守？

去年前年和今年，
承上启下之三年，
地下龙界十八国，
遭遇各种之病疫，
未能治愈此疾病，
十八龙王聚一起，

所有议事皆首肯。
龙子纳嘎热杂他，
说来还有一些事，
上师精力系于寺，
寺庙僧院守戒律，
但是每位善知识，
善度善诵寥无几，
地狱普度更少有，
上师如不度地狱，
善事益处为何物？
首领若不护众人，
公正执法为何物？
父母若不养子孙，
世间因果乃空话。

如是龙子纳嘎他，
前往黑头人世间，
又去天竺灵鹫山，
莲花大师修行洞，
最终拜见莲花师，
不仅邀请到龙界，

救得龙界十八国，
最终龙子的誓言，
如不满足上师意，
信或不信无区别，
长官执法不公正，
苛责谩骂不畏惧；
如果富翁不乐施，
有财无财无区别；
如是上师之言语，
龙界脱离各疾病，
关键在于施主我，
施舍多少在于心。

我等施舍这一切，
上师意愿不相符。
缎子养眼不挡风，
穿在身上身心乱；
绸缎高贵花纹亮，
却不挡住暴风雪；
黄金价值很高昂，
不能当作粮食吃；

银币钱财很珍贵，
不能变成老故宅。
所以上师很生气，
金山银山他不要，
食草牲畜他不要，
不需立家养子孙。

千言万语之焦点，
龙界上中下三地，
具有大小十八国，
不是机械有生命，
得到人身是弱者，
亘古不变是女人，
女人乃是下等人，
缎子也是下等财，
以上断定不需求。

但是门第较高尚，
聪明伶俐又智慧，
温柔贤惠并漂亮，
具有礼貌良家女，

敬上爱下之淑女，
能够代替男人之，
供奉祭祀三宝者，
膝下穷人施舍者，
众生老伴尊重者，
所需之女乃贤女，
耳聋瞎子哑巴等，
黑头人之下等人，
神志不清残疾人，
不治之症未愈者，
喜得人身无意义，
此类不要须放弃；
具有一定知识之，
能够上师高兴之，
利益吐蕃众生之，
需要美丽之贤女。

因此高官大人家，
所有美丽之女人，
善良温馨良家女，
若有请到此地来，

请让上师来挑选，

只需一位即可以。

听懂龙王之心愿，

不懂再次来吟唱。

听完，上至龙王等达官贵族，下至盲聋哑等残障百姓，无不左看右瞧、大声放笑、手舞足蹈。有的摇头闭目，有的两两相视，议论不绝；有的面显不悦，带着夸张的表情左右环视并讥讽道："哎呀呀，龙界遭受如此恶疾，邀请如佛之上师加持。虽然疾病已除，但上师失去戒律，让人心痛。哎呀呀，美貌动人却制造罪孽的女人究竟是谁呢？"正当大家议论纷纷时，十八位龙王的公主，每人各持一条绸缎，站在上师面前虔心祈祷。上师指着顶宝龙王的小公主维噶泽丹说了一句："就她吧！"见此情形，龙界老少无不心中暗叹：这女人虽然出自龙王，但大师真选错了，哎呀呀。有的人因未选到自家女儿而喜悦，又为选错众说纷纭："大师选了位个子矮小、肌肤紫色、两眼发红之人，是女人中的次者，次者中的次者，顶宝龙王诸多公主中最次的一个。"很多人嘘嘘惊叹、失望至极。看众人如此争长论短，上师却一直端坐在那里，一言不发。接着，顶宝龙王把宝马、火晶水晶、黄金、蓝宝石、白龙九十宝、珍宝不空绢索、如愿宝、格格热宝、心想事成宝等七十种珍宝，盛在由金银珠宝等制作的聚宝盆里，由桑巴珠杰、诺布扎桑、白玛央嘎、拉旦曲珠等女仆高举胸前，顶宝龙王和龙妃、两位大公主等，将它们一一献给小女儿维噶泽丹。维噶泽丹向上师敬献了一条洁白的哈达，磕了三次头，并做祈祷，遂以江河自流调唱了一首心想事成、护法辅佐、上师慈悲关照的歌曲：

唵嘛呢呗咪吽！

阿拉是种咏唱法，

塔拉是歌之结果。
邬金莲花大师鉴，
欣喜颜开注视我，
虔诚磕拜引歌声，
愿我女子心想成。
一生贪吃别人财，
消除欲望之业障，
身处何地事皆成，
故居嘎德吉祥乐，
走到何处如须弥。

成家立业之日起，
吉祥恩父之财富，
恩重慈母之祈求，
一生如影无离开，
每每念想都显现，
喜悦时刻供养您，
悲伤时刻哭诉您。

此地诺布扎西林，
如意鲁之宝毯上，

吉祥八宝之黄金，
一切财富之源泉，
恩重德高慈父前，
如我等人积福田，
地下龙界之净土，
自从母胎坠地起，
直到六岁未满期，
无忧无虑过童年，
直至芳年十二岁，
吃喝玩乐样样通，
行走智慧金刚舞，
坐如空行瑜伽姿，
试学空行跏趺坐，
试看能否会祈祷。

其实我要想说事，
地下龙界此地方，
顶宝父王很富足，
雅嘎慈母见识广，
除此在我龙之界，
便无相提并论者；

不讲哑话讲蠢话，
吃喝好比狼吞咽，
上不供养三宝佛，
神相佛法都不识，
下不施舍街头丐，
仅在盘算自己事。

倾听还有一些事，
鹫鹰展翅飞天空，
有高有低都在飞，
哪天落到三岔沟，
人尸马尸和狗尸，
不分尸体都在吃；
雄鹿登顶悠闲时，
有前有后都在爬，
山嘴猎人堵住时，
鲜血泼洒岩山岗，
都是前世之业缘；
顾及食草无法躲，
谨防饮水无法蔽，
警惕生命无法逃，

食草饮水生命险，
都是前世之业缘；
鱼儿水中遨游时，
有快有慢都在游，
寒冷冬日结冰时，
虽知寒冷也命定。

女子龙界生活时，
恩情并重之父母，
精美绸缎裹身体，
香甜食物喂口中，
温暖床垫铺地下，
行时骑马坐来垫，
一切由我为中心，
都说公主极幸福，
龙界老少皆赞美；
前往吐蕃那天起，
酸甜苦辣都遇到，
父母不得不救我，
父母上师和太阳，
不分高低抚育我，

都是前世之业缘。

上师养育之弟子，
如不尽心修佛法，
此罪乃是最为上；
长官大臣要知度，
如不公平不公正，
将遭民众之吐弃；
女子龙界之公主，
到达吐蕃之时日，
如不得到众信任，
将是龙界之屈辱；
父母恩惠如泰山，
所想财富均得逞，
满足上师之心愿，
圆满女儿之憧憬，
父母英明之决定，
三者上师记心间。

听懂施福铭记心，
此言无错父母亲，

不懂逐步做解释。

莲花生大师听后，非常高兴，心想，有句谚语说的很对：没有食物和钱财，远行是件很难的事，此女具有百男知识、百女心计，果真是龙族后裔，便微笑不言。龙女父母担心上师是否忘了上次说过的话，因为他不要金山银山，也不要牛马牲畜，他想要的是女人，但是女人已供奉，仍然看不到他喜悦的样子。见他安详端坐在那里一言不发，龙女雅噶泽丹玛说道："说话要说真话，听实话谁都高兴，上师虽然胸襟开阔，但是心思却在女人身上，那么，她是您的伴侣，还是别人的伴侣呢？"上师微笑着说道："雅噶泽丹玛说的很对，不是我需要而是他人需要。请各级龙王听着，我还有几句话要说。"便唱起此首金刚道歌：

唵嘛呢叭咪吽！

请听上师三宝佛，

虔心祈祷请加持，

敬请本尊引歌声，

消除业障障碍因！

在这世间苦海中，

祈得长久之解脱，

本心不能被束缚，

解脱执念苦修法，

愿能怔得佛法身，

常住头顶不分离，

祈得您之加持力！

清凉寒冷尸林中，

五种姓佛请明鉴，
犹如身影永不离！
金刚座之宫殿里，
上师吉祥持金刚，
今日前来扶助我，
静住心中佛法宫！

在那天竺灵鹫山，
比丘朗卡宁布鉴，
乘着空性虹道来，
光芝融入师心中，
愿能利益六道众，
雪域佛教之净土，
祈求法轮永转动！
天竺佛法之宫殿，
千名成就上师佛，
愿能眷顾此世间！

吉祥幸福之雪域，
虽然佛法得弘扬，
妖魔凶猛猖獗一，

四周魍魉围绕二，
心幻鬼魔作怪三，
男女魑魅威猛四，
巨大危害障碍五，
无理粗暴凶残六，
此时世间众生相，
六道好像在雪域，
饮血食肉罪恶业，
昼夜经常被颠倒，
无有半点羞耻心，
没有苦乐如野人，
虽然法王生吐蕃，
佛法不盛兴厉法，
非常凶恶使暴力，
黑头人类之躯体，
冷热苦难常遭受，
没有幸福常遭罪。

因此需要消灾计，
求我佛法宫殿中，
皆称莲花生大师。

如是龙界大臣们，
龙女所言无区别，
自有衣物心肠暖，
龙界饿鬼无分别，
可怜不知何为苦，
解囊相助受饥渴，
不必之苦却愿意，
以法分析你举动，
弃恶扬善积善业，
习以尊老爱幼事，
保护弱小者群体，
强凌者要得压制，
龙界大小十八王，
若如一人法令正，
若如万马步履齐，
全是上师我徒弟。

自从今天往后起，
不要犹豫龙界众，
四百四十四种病，
温和方法可治疗，

上师我来做治愈，
还有许多不成事，
不智不明错误业，
坠入人间泥潭起，
天天修习佛知识，
弯腰祈祷磕神明，
时时不离三宝佛！

龙界牲畜如野人，
不知廉耻和有愧，
也无他人来教诲，
如此这般叫野人，
不知上述六道业，
从今自省学知识，
誓言恶习全改之，
龙界扬眉将吐气，
从今往后之时日，
所储财宝用不尽，
所需衣物穿不尽，
金山银山锦缎山，
终有一时会需要。

顶宝龙王之女儿，
其实老僧我不需，
他人终有需求日，
请将铭记将知晓。
再过十三十四年，
此女将会生一男，
美丽昭著扬天下。
自从成家那天起，
没事无法待下去；
来到荒地山沟日，
没有财产无法活。
世间生命为财产，
若无财产如空手，
所以女儿之心愿，
我想父母满足好。

上师身心守戒律，
千尊佛前求得之；
自从出家受戒后，
怔得佛法之精髓，
消除鬼怪和妖魔，

乘着空性虹道来。

我到龙界中心时，

胯下没有坐骑乘，

身上没有食物拿，

旁边没有侍从随，

前面没有引路者，

是否知道龙地众；

前面无人迎接我，

后面也无欢送人，

护法后面护送我，

本尊前面迎接我，

勇行怙主四周涌，

右边空行在围绕，

左边菩萨在簇拥，

踏着虹道来此地，

龙众是否看见呼？

你们也能这样吗？

若能尽情展现吧，

如果与我比高低，

跟我一起去神界；

空性彩虹和日月，
高空之中最亮丽，
是我莲师之道路。
如我一般勤习法，
能够掌控五大种，
心即清净为法身，
若想承认常祈祷！

顶宝龙王之女儿，
赏赐吐蕃君主者，
能够预言未来者，
引导众人向法者，
是否知晓龙界众？
龙女所需之财宝，
由她父母来供给，
我和龙女去人间，
食物衣裳烦恼等，
一切上师我保障，
希望龙众信任我！

此歌真确无虚言，

敬请包涵众龙王！

唱完，上师摇着鼓铃静坐。龙界百姓对上师生起无上虔诚之心，认为那些说上师破戒的人将发疯，口中说出过诳语的人将失语，于是纷纷对上师做诚心忏悔，心中确信佛祖的行为应当如此，对上师生起无法动摇的信仰，一再磕头和祈祷。龙界百姓将自己的首饰宝物都送给龙女，龙女的父母也将山羊绵羊宝、绿角水牛宝、月亮骏马宝等无数珍宝以嫁妆形式送给女儿。然后，上师把送给龙女的珍宝财物都装进马车，龙女骑上宝马随着上师沿着虹道在水上波纹和汹涌波涛中走了七天，终于到达水晶岩乳海秋茂岸边，让所有土地神和山神下令誓盟。

莲花生大师以祈福慈悲法眼观看，看到热洛顿巴坚赞的大帐篷搭在吉祥拉仁沟三座山的山顶上，转而观想果部父氏部落时，见到果部百姓忧心忡忡，担心岭部现有众多勇猛之士，个个武艺高超名扬天下，而且果岭战争已有四年，岭部却仍繁荣昌盛。岭部众人虽然血染大地依然斗志高，看似山尽水穷依然宝物多，人死马翻命却如铁硬，他们具有上师无上加持和金刚护身符，还有父王僧伦卡玛、桑达阿顿、科瓦珠杰、嘉查等勇士。这些勇士几乎个个三岁便开始挥舞三械，挽弓射箭，现在都能善用一切兵器，能冲能杀，无所不能。有时还有非人妖魔护助。据说《董氏根本预言》有记载：岭部出生几位勇士后，将征服果域。

见果部百姓人心惶惶，不可终日，上师心想：果岭能否立盟结亲，是否有这可能，就看今天的迹象吧。想到此，上师将黑色帽子扔向天空，帽子犹如雄鹰盘旋，不一会儿就被大风吹向北方，不见了踪影。大师沿着水晶岩乳海秋茂，牵着龙马，带着财宝也向北方走去。

此时，果部父王热洛顿巴坚赞忽然感觉自己的帐篷似乎被某物遮挡住了，立即命令侍女宗巴拉吉到外面去查看。宗巴拉吉看到帐篷上有一顶黑色帽子，便告知了热洛顿巴坚赞。热洛顿巴坚赞吩咐所有人不可触摸这顶帽子，说道："这顶帽子是上师的莲瓣法帽，能带来特殊加持和成就；此次我们绝对会走好运，这是不可思议的吉祥之兆。"随后把上师的帽子作为神物供奉起来。

七天之后，在欧珠塘草原的上方，大家看到一会儿像个人、一会儿像野驴的一个灰色东西走来，众人不知为何物。只有热洛顿巴坚赞高兴地立即吩咐仆人煨桑，自己则备鞍跨骏马，带着十余侍从前往迎接。热洛顿巴坚赞将上师迎入帐篷坐在绸缎宝垫上，将龙畜引入圈内，龙地财宝放入库房，举办了盛大的筵席。由于吉祥瑞好，上师在此逗留期间，举行了三天三夜的法事活动。热洛顿巴坚赞向莲花生大师唱起汇报供奉之物和请求加持降雨歌：

唵嘛呢叭咪吽！
上师三时佛陀鉴，
永无逝者虹身母，
由衷向您做祈祷！
自悟佛法之宫殿，
若怔吁请三界智，
彩虹光芒万丈时，
上师端详入宝座，
神力如云绕四方，
金银财富如海量，
消除业障积福德，
雄伟庄严如意宝。

此地乃是花海洋，
帐篷相连如环扣，
蔓延天际如星星，
上堡百姓集聚地，
上滩山羊出生地，
下滩牦牛降生地，
黑色牛群出行地，
牛肥马壮绿草盛，
牛羊放牧好地方；
上山黄羊藏羚地，
牛羊羚羊混杂地；
盆地草山之右边，
巍峨矗立野驴山，
盆地飞驰之骏马，
能与野驴相媲美，
吉曲遍地是牦牛，
热洛顿巴之故乡。

不知我是何许人，
乃是果热洛顿巴，
名叫顿巴坚赞也。

尊敬上师的学徒，
聆听上师之教言；
民法完善的地域，
百姓幸福会安康；
父辈具有宽广怀，
乡亲和睦共相处；
英勇战士之面前，
恶魔自然会屈服；
妇女福气不走失，
衣食财源滚滚来；
女人守信不唠叨，
永有陪伴之知己。
以上谚语无区别，
热洛顿巴坚赞我，
自从年幼六岁起，
虽有父母之关怀，
但却一心学佛法，
征得神力和成就，
拯救引导苦众生，
彰显上师之权势，
民众获得幸福乐；

于是昼夜修佛法，
杜绝地狱之大门，
虽然未能修圆满，
但想利益六道众。

截止今天之时日，
果岭血战未停止，
接连三年之战争，
固然未分胜与负，
双方惨事很严重，
所积财富付战争，
双方为敌死刀下，
杀死对方罪孽重，
对方杀你记仇恨，
更多带来痛和恨。
但是说了很多话，
无济于事老人言，
果部上方之山上，
神牛鲁牛和年牛，
无数放生在那儿，
说是盗窃剩无几，

但我不知谁是贼，
听说贼手是超同，
贼伴乃是赛巴部，
最终果岭起战争，
拉开残杀的序幕。

每次发动战争时，
恰纳贡巴热杂他，
借助神术打敌人，
击打美丽富饶岭，
果部拥戴恰纳贡，
屈膝誓言为救主，
一切贡品果敬献，
拜他果部根本师，
终归一切化为灰，
三年战争无结果。

那时连巴曲杰他，
斩下七人之头颅，
杀死一百名士兵，
威名远扬八方敌；

果部拉孜三将军，
岭部总管之儿子，
三面戳死在矛尖；
对此总管计谋后，
未开战局撤回家。
截至今年已四年，
牛羊牲畜满草原，
百姓生活甜如蜜，
丰衣足食暖心肠，
和平美满更幸福。

至于上师仁波切，
您是何地而来之，
此地有何重要事，
又想去往何地域？
东南西北何处去？
又是为了什么事？
望能如是告诉我，
施主永远不会变，
对您信仰更不变，
有何苦衷向您说。

本月四日之那天，
四面大门对齐之，
奇特飞来宝顶帽，
落在热洛帐篷顶，
看似莲花师帽子，
做了一个神奇梦，
天上出现一道虹，
虹中浮现我上师，
身披各色之绸缎，
各路勇行相围绕，
空行佛母左右护，
亲眼拜见本尊佛，
分析种种之迹象，
破晓之时供佛堂，
夜幕降临做祈祷，
不知梦境求上师，
感谢莲师此光临，
从今顿巴坚赞我，
将在您的教诲下，
有何指令皆听从，
以歌供奉赞颂您！

听完，莲花生上师说道：“热洛顿巴坚赞你说的很对，我可以去各地讲经说法，用这亘古不变的真理教导很多信徒。我们师徒永不分离，若你遵循我的教诲，将产生深远的意义。”便将此金刚道歌誓言以江河缓流调唱道：

唵嘛呢叭咪吽！
第一敬奉释迦佛，
第二敬奉空行母，
第三敬奉千佛尊，
敬请引领扶助我，
一切心想事皆成！

不知此地是何方，
师徒相遇之地方，
承诺金刚誓言地，
上师注定授佛法，
徒弟一心修佛法。
天上日月星三宝，
运行之地在蓝天，
日月运转四洲际，
大地复苏万物醒，
月光照亮黑暗地，
寒冷之间叶芽生，
枝叶花果生长时，

动物野兽牲畜等，
无一不靠其芬芳，
说是无我利众生，
黑头人们憧憬之，
冷热适宜之地方，
皆是日月之恩惠；
水和土地两方面，
相依为命共生存，
黑头人之憧憬是，
食草牲畜食养命，
牲畜生存在山上，
山上若不长植物，
身体四大无法转，
万物相依共互利。

请听热洛顿巴儿，
我向西方征途上，
长久对治西方魔，
如果放弃其魔鬼，
无法无天闹世间，
不思佛法有恶性。

我想七天为界限，
讲经灌顶为一次，
曾在天竺深山林，
闭关禅修密宗法，
走遍白岭雪域蕃，
不知之人耐心讲，
共勉之事勤奋做，
此乃正是我行为。

再听热洛顿巴儿，
你是我最信赖徒，
今天我有一希望，
龙女智慧空行母，
顶宝龙王之女儿，
来自富裕之龙界，
从此把她托付你，
跟她父母一样之，
要有爱女之意识。

此外还有很多宝，
璁玉犄角蓝水牛，

不多此有五十头，
另外蓝彩龙绵羊，
以及龙界之战马，
看见这些龙牲畜，
雪域将会成乳海，
吐蕃必须之牲畜，
一切家畜之基础，
此次赶回吐蕃来；
尚有带回此绸缎，
材料不同很多种，
不同珍宝有七种。

以上请你保管好，
哪天需要之时日，
如数向我要交代，
是谁请令听预言，
不知真假请天神，
上师之上有上师，
皇帝之上有皇帝，
神圣喇嘛是总称，
先知预言之主人，

有谁领导吐蕃人，
此次真正急需之，
有与众不同上师，
师徒誓言不能背。

望热洛能铭记心，
不懂不会再吟唱。

唱完，莲花生大师便沿着虹路离开了。

二十

两个月后，乌仗国莲花生大师乘着白色祥云来到岭部父王僧伦前，商讨如何迎娶果部龙女、如何用兵震慑果部等事宜，将神通授言以金刚道歌强调着唱道：

嗡嘛呢叭咪吽！
阿拉阿拉阿拉歌，
塔拉是种歌唱法。
上界天神殿堂内，
供奉善业护法神，
中间年神之净土，
供奉战神威玛神，
地下江河奔涌地，
顶宝邹那仁钦王，
弥贡护螺等龙王，
需要之际请专注！

上师不念其施主，
施主无缘得真法，
施主若无上师缘，

无缘怔得来世法，

两者需得因缘聚。

地下龙界十八国，

上师消除各疾病，

龙界财宝公主等，

无数珍宝供奉我，

不是我要吐蕃需，

没有佛法之吐蕃，

必须龙域之珍宝，

若不妥当安置好，

吐蕃几代子孙内，

要受饥饿与困苦，

一是神授之谕令，

二是佛陀之预言，

三是上师度众生。

于是美丽之岭部，

截止今天之时日，

俯首侧耳听到之，

洁白心中之精华，

曾经无有之习俗，

尽为伪法不可信，
不可轻信需亲证。
果部上下之地方，
是否听到此说法？

不知我是何许人，
铜色吉祥山之巅，
调伏众魔降众妖，
邬金莲花大师也，
随心身入虹化境，
心之所向身亦往，
信之越笃加持巨，
实非妄言真实意。

去年春夏果岭间，
三年冲突不间断，
最终岭地遭祸殃，
但是百姓供我师，
扶持养育岭众生，
亲赴天竺佛国地，
八十成就修行地，

灵鹫山等圣神地，
遍访上师与圣地，
求得知识与预言，
最终岭部地域内，
获得贤劫母续经，
以及上乘父续经，
尚有威猛之神童，
美丽岭部将诞生。

随后亲赴龙之界，
龙地瘟疫很泛滥，
疾病怎能灭龙界，
是我上师之恶灵，
是想果岭之议和；
叔父之间无内讧，
家和万事常兴盛，
用尽方便与法门，
地下龙界各疾病，
由我全部净治愈，
至此龙界俱欢喜，
供奉之物有此等，

璁玉犄角蓝水牛，
金色玉露水精华，
格格热等罕见宝，
珍宝不空之绢索，
聚宝如意之宝物，
欢喜右旋之宝物，
富贵面容姣好女，
等等宝物供奉我。

顶宝龙王之幼女，
热洛顿巴之家里，
黑首黎民不知情，
如今龙女之姻缘，
将在五彩岭部地，
嫁于岭部某英豪，
求得良缘需博弈，
最终奉于有缘人，
两人联姻所得子，
统御环宇征四海，
成为佛教之核心，
雪域大地之首领，

引领往生之上师，
岭部营帐无敌主，
全都属于吉祥岭。

若无供奉无赐予，
若无商议无回复，
如是全部都需要，
僧伦请勿怠慢之，
速聚富饶之岭部，
备好辎重与粮草，
邀请四方叔父们，
前往达塘聚首议，
秣马厉兵速请战，
报复果部之仇恨，
做好商议和盟约，
这是上师之部署，
预言就在歌尾部。

听懂僧伦谨记心，
不懂不会再解释。

歌音未毕，只听到鼗鼓和杵铃之声，上师已幻化而去。僧伦在惊愕之余坚信上师之言定然无欺，于是一番深思熟虑后，前往总管处详细转达与商讨。总管心生无尽欢喜，召集上岭赛巴八大部落、中部文布六部落、下部穆江四部的长官、父兄、上师、巫师、占卜师、僧众、医者等，下达命令：二十日之后，大家齐聚在阿吉达塘草原。

二十日后，大帐篷如皑皑雪山、小帐篷如擦擦泥塑，银河星辰般大小各异的帐篷洒满草原。百姓群众欢聚一起，大摆宴席，一派歌舞升平之貌。在能容纳千人的大帐篷内，虎毯豹垫依次排开，各色美食应有尽有，中间摆放着金色宝座，两侧依次排列着银色宝座和檀木宝座，群臣依次落座。稍后，戎擦查根大声说道："岭部的僧俗们，我老人所讲并非胡言乱语。鄙人虽年事已高，但阅历不浅，岭部的父老乡亲请听我言！"遂站起身，向着天空呼叫、祈祷神龙圣灵，以江河缓流调唱道：

唵嘛呢呗咪吽！
唱首阿拉供奉歌，
顶髻日月宝座上，
恩重根本上师鉴！
四方身躯战神堡，
红色年虎战神鉴！
足下地神龙之界，
地神鲁年赞普鉴，
护佑东岭众百姓！

不知此地是何方，
见者皆喜岭部地，

山谷深处见雪山，
雪山雄狮出没地；
山谷中部草甸美，
野地牦牛常环顾；
紧邻草甸绿草茵，
牛羊成群徜徉地；
毗邻草原湿地滩，
成群骏马展雄姿；
下围田野阡陌地，
六谷丰登画卷美；
左边山峦柏树山，
各类禽鸟齐翼飞，
杜鹃声声展歌喉；
背面山峰树木盛，
虎豹熊狗野兽多，
猕猴人猿鸟类等，
所居奇珍与野兽，
果蔬鲜美草木盛。

富饶幸福美丽岭，
三河蜿蜒如哈达，

玛塘杂塘和粲塘，
犹如锦缎覆地面；
玛沟杂沟和粲沟，
犹如三座神佛像。
阿吉达塘大草原，
今天岭部营扎寨，
无故迁徙扎营地；
苍穹之上电闪鸣，
风雨不来空鸣响；
春天杜鹃声声啼，
是在青草发芽际，
小鸟声声鸣不绝，
寓意水草美如画，
岭地疆广骏马多，
骁勇善战智勇全，
已到报仇雪耻时。

不知我是何许人，
我乃白岭之珍宝，
紫色董氏戎擦也，
早先年轻力壮时，

名扬四海如雷鸣，
若未闻到是聋子，
巧舌如簧吐莲花，
如未看见是盲人，
果部屠戮岭兄弟，
如不雪恨是懦夫。
恰纳贡巴热杂他，
对热洛顿巴坚赞，
犹似雪山被日消，
谷口桥梁被水冲，
是否属实众人知；
对岭核心执政者，
长子曲杰遭毒手，
时至今日未报仇，
勿言向人洗雪耻，
反被他人肆意践；
岭部子弟难自救，
坚守门户苟活之，
如此之外无他法。

所降神谕和梦兆，

正如总管僧伦语，
是否一致不矛盾。
今年岁首花开时，
莲花大师亲登门，
给僧伦王降神谕，
请勿怠慢向果宣！
犹如古人谚语讲：
女人宴请过三日，
若无笑脸满城雨，
男人之间雪仇恨，
虽过三年尚且早，
未能雪耻是懦夫，
来而不往非礼也，
尔等勿睡请发兵，
磐石不动被冰盖，
大树不动根被腐，
江河不动被冰封，
死水一滩散臭味。

犹如上述之举例，
岭部兄弟勿怠慢，

勇往果部扬美名，
致使敌人胆寒怯，
力挫敌人傲慢气，
最好迫敌来投降，
要不立盟求和平，
如此不枉英雄名，
否则相互勇残杀，
别怕果军岭部儿，
尚还不知有何事，
我想最好宣开战。

每部出兵一千名，
六部齐聚将兵广，
攻坚拔寨向前行，
僧伦卡玛执兵符，
嘉查周杰等虎将，
威风凛凛未有失，
不枉君子失手之，
运筹帷幄总管深，
先行将兵开先锋，
在家父老看小孩，

腰束精美之三械，

当即之时赴战场，

果部上下俯首臣，

方是岭部扬眉时，

岭部众将谨记之。

不懂不会再解释，

愿你们能如是想。

听完，岭部将士们军心大振。如雄鹰展翅、星火燎原、风驰电掣般的将士们摩拳擦掌，目光炯炯，大声说道："如不报仇雪恨，战死九次亦不足惜！"顿时大帐中喧嚣四起，掌声咧咧，议论纷纷。过了一会，坐在右座银色宝座上的贾擦霞噶朗声说道："这是今年以来听到最中听的话，快快行动吧！"并号召大家开始调兵遣将。然而超同不以为然，面红耳赤，大气粗喘，红色胡须不停颤抖，露出一副尖嘴猴腮的奸相，眼珠咕噜自转不停，龇牙咧嘴牙齿咬得咯咯直响，他从檀香木宝座上站起，向总管献了一条哈达后，也立誓他要赴战场，并以空口白话调唱道：

唵嘛呢呗咪吽！

吽一吽二吽三声，

三吽之时唱首歌，

乃是吽字密咒语，

咒师不变之母语。

如不发出吽吽哌，
无法调伏神鬼魔；
若不闭关修行之，
难识神鬼真面目；
若不禅定修静思，
不会惦记地狱牢；
若不报复雪仇恨，
如何扬名与立业，
总管就是此类人。

不报血仇乃懦夫，
众人压迫遭人唾；
不知反抗的马儿，
要受众人胯下骑；
街头流浪之女人，
常受流氓的挑逗；
形影相吊的穷人，
一生漂泊讨生活，
受尽困苦与屈辱；
无人看管的牲畜，
难逃无情之鞭笞，

四处逃亡被遗弃，
无人怜悯无人管；
没有父母之孤儿，
受尽嘲讽与蔑视，
遭人唾弃和鞭打。

如是岭部众将士，
要说先后之次序，
先是总管戎擦啦，
其次是我超同叔，
僧伦踪迹难寻觅，
英勇善战有尼奔，
骁勇无畏是嘉巴，
穆江杰瓦伦珠他，
虽然有智有谋略，
魄力稍逊误战事。

由此果部和岭部，
无缘无故起争端，
尸横遍野惨像惊，
但是无端遭人疑，

达戎家和岭部内，
成千上万牛羊群，
惨遭盗窃被驱走，
高大神牛无踪影，
祥瑞山羊被赶走，
都说超同放毒咒，
四母叔叔超同我，
从无恶语谤他人，
不意引祸至自家，
拙劣偷盗亦不为，
丝毫妄念未曾有，
但是谣言未间断。

市井青楼薄命女，
本是家犬狂吠处，
孑然漂泊无处居，
常食残羹与冷炙，
无有神术之上师，
惨遭众人之非议，
岭部厄运临头上，
整整三年在苦战，

最终连巴曲杰士，
失于果部魔鬼手，
一败涂地无从起。
自从那天惨败后，
暗中保持败家身。

如今子孙已长成，
安能偏安于一隅，
我方疆广兵亦勇，
沙场之日显神威，
空口白话不顶用，
奋勇杀敌敌胆寒，
无需自夸敌要夸，
女不自赞婆家赞，
马主勿赞商人赞，
实为如此莫自傲，
我英他勇之壮士，
勇猛志气常变更；
一年储备之粮草，
常年放置不动之；
出生不久之羊羔，

哪有累月不长之；
老叟常受他人欺，
非礼之举不合道。
幼儿幼马和幼犬，
无功却受众人宠；
老叟老马和老狗，
默默无闻常遭打，
如同上述所举例。

岭军肯定要宣战，
将领士兵扎营盘，
按照部署自奋勇，
岭部有识有勇者，
各抒己见献良策，
其实四母超同我，
咒语法术未成时，
贡巴热杂曾欺凌，
此番不雪前时耻，
枉我苟活在人间，
立即前往果沙场。

黑色咒师老叟之，
有何本领今一见；
果部将领有何勇，
今日自要一睹之；
果部高大之骏马，
有何能耐今一见。
是否正确岭部众？

此次时至赴沙场，
先锋军队之将领，
达戎开路先锋队，
自有超杰威玛一，
威猛阿旦长子二，
善战巴桑玉珠三，
勇猛拉欧尼玛四，
玛尼噶热五部将，
五部军队之首领，
达戎每部出五千，
今年自己承诺之，
信守承诺雪前耻，
嘴中言语无内外，

所言非虚如磐石。

听懂愿能记在心，

不懂不会再吟唱，

但愿父辈如是想。

听完，岭部父辈兄弟既不反对也不附和。之后穆江杰瓦伦珠唱了一首安排部署此次出兵日期、行军军械铠甲要求和行军路线的歌：

唵嘛呢叭咪吽！

阿拉是种吟唱法，

若不唱首阿拉歌，

母亲心中就不悦；

如果随时不高歌，

不能表明我心意；

阳神战神请明鉴，

玛域十三赞神鉴。

玛沟女王披缎者，

今天前来助岭部！

二十一尊度母鉴，

今天前来助岭部！

方神扎加平措神，

今天前来助岭部！

玉郭赞普美日神，
今天前来助岭部！
觉沃觉庆顿热神，
今天前来助岭部！
觉沃牟尼拉赞神，
今天前来助岭部！
朵康十二地母神，
今天前来助岭部！

不知此地是何方，
白岭见者皆喜地，
阿吉达塘大草原，
白岭首领聚集地；
欢喜歌唱喜悦地，
骁勇赛马射箭地；
痛苦哭诉安抚地，
做错事后忏悔地；
上师转动法轮地，
加持云雾环绕地；
勇士高唱凯歌地，
不惜性命洒血地，

赛马称雄竞赛地，
比试脚力速度地；
详说其实即如此。

不知我是何许人，
上岭中岭和下岭，
并非浪得虚名者，
名为杰瓦伦珠也，
幸福白岭之部落，
众人羡慕之榜样，
言行举止有分寸，
元老策多谋略深，
解说大事策划者。
五彩岭部众部落，
位尊王臣及以下，
位卑家奴以上者。

众人凝心听我言，
双耳如不竖起听，
耳如帽子之帽檐，
勤记洁白之心间，

若不刻在心胸间，
忘恩负义背骂名；
去除杂念请凝视，
如不双目凝心视，
双眼好比死水泉，
此乃必备之根本。

今年果岭之战争，
是否需要不易言，
为何要说不需要，
是因不同于往昔，
一者上师之慈悲，
二者兵多马儿壮，
三者财源福祉增，
今昔不同如天地。
昔日果部各部众，
无有不爱岭部地，
也无不争地位人，
惶论攘外与安内，
内患难去亲者仇，
自吹自擂称霸王。

因此白岭神部落，

自古命中有战争，

岭部上下怨难断。

白色岭部之人种，

世袭皆为神子弟，

男者皆为勇行者，

女者皆为空行母，

好像约定已成俗，

父兄内戕是为一，

争强好胜是为二，

众志不和左右倾，

无理之人常有之。

如果心向不一致，

大言不惭有何用；

如果敌人不击败，

赞扬之言有何用。

如是美丽之岭部，

若说言行和举止，

上岭赛巴八部中，

赛巴阿琪尼玛一，

赛巴拉欧达嘎二，
赛巴朗卡久美三，
赛巴曲拉奔美四，
四者皆率千名兵，
厉兵秣马久备战。
中部文布六部落，
文布嘉巴赤赞一，
文布达拉多杰二，
文布桑珠巴杰三，
三员虎将率三部，
众将齐心谋略和，
犹如一人在指挥。
下岭穆江四部落，
穆子杰瓦伦珠一，
曲江朗杰多吉二，
各率千兵来参战，
精挑良将与良马。

达戎七大部落者，
两千精兵来备战，
千户达姆拉杰之，

超同长官维玛俩，
各率千兵为千夫，
血海人头齐攒动，
战旗猎猎迎风展，
犹如星火落森林，
精心备战集人马，
磨刀霍霍铸锋刃，
良骏宝马备粮草，
攻城拔寨行军速，
众志成城步调齐，
不得傲慢与无礼。

行军休憩和战法，
总管指挥运筹稳，
再加僧伦卡玛士，
年轻勇士嘉查他，
截止今天之时日，
战争经验积攒多，
勇猛无畏众周知。
要说战事之情况，
无义乱战死方休，

最终两败俱伤已，
懦夫惯用计谋者，
常获战事不间断。
智者善听他人言，
勇者能够先制人，
骑者常备轻便鞍，
请把忠言记心间。

从今十八日之内，
备好战马与兵刃，
岭部僧俗共祈祷，
岭部妇孺齐举杯，
神圣喇嘛做法事，
神山之顶煨桑烟，
龙山之巅煨龙桑，
岭部将士举兵日，
供奉战神威玛神，
誓将果部占领之。
此外天神之预言，
以及吉时自然有。

听懂当做耳甘露，

不懂重新再诠释。

听完，岭部的父辈兄弟等豪杰众人高呼所言甚是，不住颔首示意赞同。之后，岭部举行了隆重的出征仪式。在第十八日清晨旭日东升之际，岭众兵将备好骏马置好马鞍，穿好铠甲，豪气满怀。战旗猎猎犹如彩虹，兵马沸腾蹄声隆隆，大部兵马犹如潮水涌出一般出发。达戎部落一马当先，随后赛巴、文布、下岭各部叔父被兵将环绕徐徐前行。达谷高山遮天蔽日，在吉祥如意的大滩上，部队到达不变之地良缘山口、不变之石扎西山岗、不变之滩八瓣莲花滩后，安营扎寨。将士们对梦兆进行解析，确定为良兆后，心安下来。第二日清晨，部队来到果岭两部疆界之果岭吉祥山口湖边、三层宝石堆垒的山脚下。岭部将士就如何出兵、如何破敌进行了商榷。戎擦查根说道："今日众神之神、双眼之眼珠、胸间之心是僧伦卡玛。敬请父王僧伦卡玛向天空射箭，看看今天我们的运气如何，是否能够战胜敌人。但是，做祈祷还需要采集山坡阴阳两侧的松柏等煨桑药草，共计需要十八袋之多，还要收集杜鹃花、檀香木等各种药材，希望大家快点去采集！"不一会儿，将士们就将采集来的各类草药、杜鹃花、檀香木等堆积一起，烧起熊熊烈火、煨出袅袅桑烟，祭祀神灵，希望占卜预言能有吉兆。僧伦卡玛谨遵总管所言，从虎皮箭囊九十九支神箭中取出一支，箭身缠绕彩带，箭头指向神界，唱起敬请神龙之歌：

唵嘛呢叭咪吽！

唱首阿拉供奉歌，

塔拉引领请辅助，

愿能加持众事成！

八辐法轮之天空，

八瓣莲花之地上，
中部吉祥田园中，
天上诸神降此地，
今天我来敬神灵；
中部岩山草山等，
地方神和土地神，
阳神战神及部众，
财神赞拉等神祇，
世间上古九尊神，
守护吐蕃守舍神，
今日亲临煨桑地！

不知此地是何方，
果岭圣宝之神宫，
财谷扎西宗欠滩。
不知我是何许人，
屹立雪山之巅者，
白色幼狮绿鬃者，
所有野兽之王者，
皆称雪山绿鬃狮，
不揽雪山未曾想；

茂密森林之中央，
斑纹美丽獠牙虎，
威武凶猛之军官，
遇谁不食未曾想；
甘珠丹珠之主人，
自怔神力之圣人，
百名勇士之精华，
降伏敌人之克星，
领兵御敌之总管，
都称我僧伦卡玛。
上界天神之化身，
先知神谕之圣人，
所言属实非妄语。

今天煨桑祭众神，
不惧众神辞我意，
能够预知众阳神，
今天前来享桑烟，
敬请供奉天上神，
多种植物花瓣桑，
洁白桑烟漫天空，

各种香木六味药，

甘露圣水沐浴之，

上界神灵愿欣喜！

中间供奉诸年神，

年钦古拉格佐神，

三百六十年神至，

东南西北之方神，

勇猛具艺之乡神，

护佑生灵护法神，

出行助伴之阳神，

善做美食之阴神，

五部空行之佛母，

护佑盔旗勇行群，

今天享用此桑烟！

地下龙界之净土，

顶宝弥贡护螺王，

噶沃觉布等龙王，

龙界财主十万等，

诚邀享用诸贡品，

各类污垢及诬害，

甘甜圣水都洗净！
白青黄色五谷粮，
绫罗绸缎与美食，
白檀香木溢四周，
尽情享用浓桑烟！
今天供奉煨桑品，
各类香木无一缺，
各类药材千余种，
美食绫罗锦缎等，
桑物无一不齐者，
煨桑供品敬献您！

今天美丽之白岭，
举兵前往果上部，
是否能够夺胜利，
望能占卜来启示；
僧伦卡玛箭囊里，
九十九支神力箭，
白色神箭海螺齿，
来自神界难得箭，
众神心系之神箭；

金色神箭金色矢，
金色绸缎临风飘，
犹如金塔甚庄严，
配有黄鸥之羽翎，
大鹏凌空绕湖翔，
是想抓取海中宝；
蓝色宝玉之神箭，
箭顶配有青生铁，
箭身插有杜鹃羽，
吉祥神鸟能预言，
地下龙界神魂箭；
能否降伏敌气势，
能否招来财运宝，
岭部是否能赢得，
神箭射向天空后，
真语实相请告知。

三宝佛之真实言，
所有上师之教令，
世间佛教之誓言，
向无虚谬与欺骗，

黑头百姓不知晓，
所以神界求占卜，
能知胜败与利弊，
彼处杀伤是否多？
岭部能否获战绩？
岭部前去攻果部，
是否凯旋能回来？
敬请神灵降神谕，
真实预言告知我！

唱完，僧伦打开虎箭筒，心中观想生起次第，霎时间，年钦古拉格佐的配有金色绸缎、黄鸥之羽的魂金箭划破长空，飞上天去，岭部将士们仔细观察，看到金箭慢慢飞回的情景，认为瑞祥可掬，福运咫尺。僧伦说道："今天吉日诸物兴盛，一路行军道上只有返者，未有盗窃等事发生；行军之路畅通无阻，敌人闻声色变；如果能获珍宝，岭部上下如愿以偿；众多吉祥征兆显现，如能喜结良缘，将宴请众将士；今日将战果赫赫，有神龙年神之庇佑和战神威玛之助；祝愿事业蒸蒸日上，相助之人遍布海内，希望此次战事能随心所愿！"将士们听完默默祈祷。接着超同叔叔对僧伦卡玛说："在这空山之中，如果今天有人向你供奉一生妻妾和财物，不必上缴可以自留。"总管大喜："就这样，就这样！"决定将十三日之内所受宝物等供品都归僧伦卡玛。

占卜过后，将士们知晓周边无流寇，便将战马驱赶到水草丰美的郎宗秀穆神山脚下，尽情享用河流树木花草之精华，个个欢歌笑语。十八日那天，果部天空突然显现彩虹和花雨，瑞祥不断。热洛顿巴坚赞不知是什么征兆，于是，禅修生起次第，观看着此景，便向神灵祈祷。天还未破晓之际，大海未披金装之时，大山未戴金帽之刻，莲花生大师乘着五彩祥云，头戴四角法帽，在鼗鼓声和杵铃声中，金光闪闪地降落到热洛福禄寝室园，以金刚道歌之调唱起预言：

唵嘛呢叭咪吽！
嗡啊吽班杂格日，
白玛斯嘚吽吽吽。
唱歌供奉根本师。
金刚座之宫殿中，
供奉释迦牟尼佛，
一切心想事皆成，
果岭将能停战争，
协议条约能签立！

不知此地是何方，
果部红柳六滩地，
谷脑顶部有雪山，
中部花草树木齐，
下部牛羊悠闲地，
白色乳海水潴地，
牧谷上方牦牛部。

不知我是何许人，
怔得空性虹化师，
未知事项预言人，
请听热洛我预言，
我有如下之神谕。
我从龙界回来时，
顶宝龙王之公主，
以及宝马等财物，
交你施主来善管，
如今已到所需日。

如不说清其理由，
好比太阳绕四洲，
主要为了洒温暖；
天上二十四星宿，
随着时间在运转；
皎月当空耀星照，
驱除黑暗送光明；
黑头百姓敬神祇，
只为预知未来事；
富家主人勤敛财，

只为饥荒绸缪日；
日常粮草饲骏马，
只为长途行走日；
含辛茹苦育儿女，
只为老有所依日。

如是果部之施主，
所托财物今急需，
昔日果岭大战际，
两败俱伤人财空。
而今岭部之子孙，
上至总管下百姓，
中至勇士长官众，
人丁兴旺财物盛；
另外神子和小孩，
已至练兵习武时，
能够砍刀挥剑了，
聪慧过人智谋全，
重中之重要明白，
视死如归之英雄，
加鲁克旺珠杰一，

达戎长官维嘎二，
奔巴贾擦霞噶三，
公子玛尼噶热四，
骁勇无比降敌寇，
摩拳擦掌难阻挡，
叔父难挡其勇猛。

扎西莫朗大平原，
三日之前已到达，
莲花大师力劝后，
果岭之间暂无战，
请勿怠慢速议和，
美女珍宝寄存物，
今天就要使用啊，
速派使者赴营寨，
交付珍宝与龙女，
议和休战是为上，
上师预言如此般，
热洛顿巴谨记心。

莲花生大师唱完后就如彩虹般消失在空中。热洛顿巴坚赞按预言之词，立马派使者赴岭部兵营议和。岭部兵将一接到使者送来的信，立即拔寨向果部进发。将士们无比欣喜，有些如羚羊欢喜雀跃，有些如狐狸诡异前行，有些似雄鹰腾空飞起，有些像雄雕振翅待飞，有些如野狼迅捷无比，有些像山羊兔子跳跃而行，还有些如疯牛狂奔不羁。其中有个骑着金鞍青鬃白马的勇士，最为显眼，那就是僧伦卡玛，他面容洁白，口齿清净，肌肤如月，双颊红润，身高马大，双目炯神，其势可统摄三界，男人见了吓破胆，女人见了失魂魄。他若做僧人六根清净，若做长官能造福一方百姓，是叔父之中最稳重的，将士之中武艺最高强的。

果部热洛的福禄园内，一头白色海螺犄角的牦牛、一位佩戴珊瑚项链的少女也额外显眼。少女姿态婀娜犹如神女，舞姿翩跹犹如空行母，顶髻如太阳，头戴珊瑚、九眼石、蜜蜡、珍珠等各类宝物，身上披着五彩斑斓的华美服饰，手捧金色奶桶，来到僧伦近处。僧伦卡玛擎起右臂，手持一条洁白的哈达，犹如手持一缕祥云，赫然出列。僧伦抛出哈达，当即落在少女头顶，犹如阳光洒落雪山一般。之后，嘉洛坚赞抛出的哈达落在少女手中的奶桶上；贾擦霞噶抛出的哈达落在少女身后的玉犏母牛犄角上。将士们看此情景认为这是吉祥预示，如同成千上万战神护佑的岭勇士今后将战无不胜，心中无比欢欣鼓舞。于是有些人也去试着抛出哈达，由于既无上师神谕，又无前世之缘，抛出的哈达一概不中。将士们退去后，相貌丑陋、红色络腮胡子瑟瑟颤抖、尖嘴猴腮的老者超同，发出呼呼之声，牙齿咬得咯咯响，经过一番摩拳擦掌之后，他也抛出一条哈达，结果哈达被风吹偏，落在一只尕勒巴牛的尾巴上。岭部老少被这景象逗得哈哈大笑，笑声经久不绝。

尔后，岭部叔父们步入营帐内，依次落座，享用美食，互赠哈达。果部热洛顿巴坚赞说道："今日，岭叔父兄弟和董氏总管戎擦查根亲赴此地甚好，请畅所欲言，共商大计。"戎擦查根起身，捧起洁白的哈达，赞美手中哈达后，以江河缓流腔调唱起祈福国泰民安的歌曲：

唵嘛呢叭咪吽！

唱首阿拉供奉歌，

塔拉乃是词曲果。

怙主根本佛三宝，

尤其观世音菩萨，

虔心祈祷三根本，

天竺南方持舟山，

千手千眼十一面，

贤劫佛陀观世音，

朝暮祈求并祷告。

铜色吉祥山殿中，

顶髻长发披背部，

右持檀木之鼗鼓，

左持白银之杵铃，

脸孔好比三界镜，

端举甘露之宝瓶，

三叉天杖不离身，

周身环绕空行母，

邬金大师莲花生，

果岭恩重之上师，

由衷祈祷请加持！

璁叶庄严之刹土，
螺叶飘逸宝座上，
白色度母请明鉴，
今天前来扶助我，
消除瘟疫旱情灾，
熄灭战事和祸端，
千年贤劫众佛陀，
护佑高原吐蕃人，
求您护佑吐蕃域，
弘扬善教扬天下，
黑色邪教毁成烬，
所有请愿皆圆满！

不知此地是何方，
扎西雅塘之花园，
牲畜植物繁衍地，
美丽幸福之果部，
夏季丰美草原上，
牲畜众多如行云，

乳汁奶酪如河流，

洁白雪山牦牛地，

人丁兴旺满山川，

骏马恣意任驰骋，

鲜花烂漫之草场，

山羊成群满山岗，

幸福美满如意地，

富饶兴旺佛法盛；

神帐富帐宝物帐，

独身野牛之毛绒，

黑色牦牛头道绒，

编制宝帐覆天地，

神帐福园秀美地，

幸福安康多彩地，

帐上神与上师帐，

求得加持成就地；

供献鲜花圣水地，

尾帐妃帐女眷帐，

乳香四溢温馨地；

右帐勇猛武士帐，

各种兵刃相交锋；

左帐牛羊栖息帐，
乳酪相砌垒成墙，
是否享受财富主？

不知我是何许人，
虽然未曾相见过，
但却方方耳有闻，
与世同岁同相逝，
世间红尘同享受，
潺潺溪水同流淌，
与石同坚与树长，
世间万物最长者，
一百六十之高龄；
技冠少年猛如虎，
力拔山河气如虹，
威严持重如须弥，
天地之间未有敌。

此言非虚吉祥日，
老者忠言如波涛，
帐篷之内百姓满，

衣食住行无有缺；
众人敬请侧耳听，
热洛坚赞如是云。
上师事务乃众生，
如不理清终生事，
佛陀在世有何为；
江河流向平原地，
如不滋润肥沃土，
大地万物靠谁长，
大海气流升天空，
天上细雨降大地，
不分凸凹开鲜花；
飞禽鸟类捉昆虫，
野生动物家畜等，
任何头颅比天高，
无忧无虑乃牲畜；
天上各类飞禽鸟，
扑扑展翅飞天空，
枝头梢间比歌喉，
吃的食物是花果；
六纹花斑各类兽，

森林之中狂怒吼，
炫耀毛发游四方，
享受自由之快乐；
碧波海洋鱼獭游，
日出阳光照海底，
海水升温传波纹，
海面如床如草原，
幸福花儿开在心；
安康长官任职位，
百姓黎民有高低，
自励秉公持公正，
民众安详权位高；
富人财富圈家园，
上至供奉神和龙，
下至施舍民和丐，
这叫上敬下施事。

过去昼夜几十日，
果部满城风言语，
白岭大地涌刀剑，
上师咒术猛于火，

人死马翻十多万，
最终协商调解后，
果岭分歧如经纬，
也有天壤之区别；
地上蒸汽升天空，
天上细雨降大地，
此时天地之憧憬，
水火之间有联系，
若无火种水怎烧，
如无水源火何烧；
铁木之间有联系，
若无木头铁何用，
如无铁具木怎伐；
水土之间有联系，
若无土地水何来，
如无海洋地怎成；
果岭之间有联系，
果部公主嫁岭部，
白岭传承父系裔，
果岭好比一面布，
上下农牧为一家，

为何不能兴旺呢？

左肾右肾乃对面，
宛如黄金之果部，
犹如银色岭相绕；
好像白缎之果部，
好比上师岭相绕；
仿佛须弥之岭部，
似是草木果相绕。
脑山三巅被雪盖，
虽然季节有变化，
大山形状不会变；
春天暴风撕大地，
虽然土皮被损坏，
时辰季节不会变；
上师佛法被敌毁，
中间徒弟已改变，
佛法神力永不变；
父母与儿辈之间，
虽有纠葛无法断，
其实心胸永不变；

长官日夜忙纠纷，
无理小事固然多，
秉持公理不会变，
但愿部众如是想！

此条日月吉祥绸，
说来如何产生之，
地水风火等五种，
各种因缘之组合，
白色神羊颈部毛，
红色年羊颈部毛，
蓝色龙羊喉部毛，
以上羊毛存库房，
如果堆在山顶上，
山顶宛若积白雪；
假如堆放神山顶，
好比糌粑铺大地；
毛线由那空行捻，
捻线粗细很均匀，
绸缎细腻更光滑，
地下龙女亲手织，

五大幻术纺织绸，
宽度盖住大海洋，
长度能圈瞻部洲；
绸缎长长之流苏，
天上神仙之装束，
天神发辫翩翩飘，
天空云朵翩翩飘，
空中细雨淅沥沥；
织品颜色有多种，
招揽四面八方客；
此绸纺织更特别，
上师法带翩翩飘，
法带穗头翩翩飘，
官员头巾翩翩飘，
下装吊边翩翩飘，
吉祥山脉翩起伏，
此绸吐蕃最需要。

拜见神师需要它，
佛法加持有福德；
拜访官员需要它，

奉献哈达心口开，
以此赞颂长官德，
法律公正如哈达，
生熟客人皆可献。
好汉英雄献哈达，
获胜凯旋回归日，
百部面前敬哈达，
战神围绕吉哈达，
长辈开言用哈达，
部署谋略需哈达，
婶嫂串门用哈达，
祈求财食需要它。
骏马奋蹄驰骋日，
摘得桂冠献哈达；
迎接儿媳过门日，
洁白哈达是必须，
婆家和睦过日子，
生儿育女增财富，
幸福美满合家乐，
吉祥祈愿献哈达。

今天洁白绸哈达，
敬献天神上师首，
敬献普通人之颈，
敬献少女恭迎请，
衣饰华丽赴岭城。
金碧辉煌城堡内，
桑珠达孜宫殿中，
供有天神与上师；
欧曲超宗城堡内，
城主僧伦元老居，
向绿鬃狮献哈达。
今天哈达负重任，
所献之人呈吉祥，
所献之人得福运，
果岭两部之心愿，
凝结哈达一整匹。

此歌在座放心中，
听懂请您记心间！

听总管唱完，中列首座之十万层绸缎宝垫的汉地锦缎宝座上，果热洛顿巴坚赞马上应和道："所言极是，所言极是。祝愿岭部之祝福如须弥山高、食财享用齐全！祝愿年轻勇士技艺精湛、永远成办大事！祝愿少女才貌双全，一生幸福美满！祝愿百户群众人生幸福！祝愿千户百姓衣食丰足！祝愿畜圈牛羊满圈！祝愿总管戎擦叔智慧胸腹如大海！祝愿卦师贡协兰提、医生乃觉占堆具有佛菩萨的慈悲！祝愿利众救度的上师、谋略博精的叔辈、具有福德的婶嫂，需要的福禄财富和衣帽鞋等齐全！祝你们永远幸福美满！”如是祈祷之余又说道：“此女到岭部是上师之意，我将把她献给你。”接着将如何善待、慈护等意用歌声唱道：

唵嘛呢叭咪吽！
唱首阿拉阿拉歌，
塔拉是种吟唱法。
法身无量佛尊鉴，
报身观音菩萨鉴，
化身莲花大师鉴！
今天用歌来供奉。
顶髻日月宝座上，
阳神身神命运神，
机缘良好聚此地！
心间佛法宫殿内，
具有加持之上师，
三恩上师莲花生，
虔心祈祷求加持，
此地福德非一般！

福运莲花之佛堂，

各种神佛之净土，

众多上师福资地，

身语意像建造地，

生死法事举办地，

财宝福禄增长地。

像我果部这地方，

虽无雄国之称号，

却如雪狮称霸者，

犹如雄狮绿鬃茂，

好比林中之猛虎，

炫耀美纹自称王。

在这富饶岭部地，

上至上师和大王，

下有叔父和女眷，

和睦相处美名扬。

昔日果部与岭部，

无故莫名起争端，

糟蹋财富引战争，

人死马翻皆枉然。

我在白岩神洞中，
佯装晓理做修念，
只为此生得保佑，
向往长寿保安康，
一心向着敬佛法。
如是果部之人马，
我生有儿六兄弟，
叔辈儿子三兄弟，
果部形成十八部，
有些谨听父母言，
有些自思随意行，
不听劝导四处闯，
不听父母之教诲，
我之三子失敌手，
如此撤兵养生息，
不是善于自控制，
皆因上师之言教。

果岭休战之日起，
幸福生活才起步，
虽然人财两手空，

尚有志气在勉励，
如此常念上师恩。
如此安享三四载，
未想好事自降临，
注定天神之安排，
自然知道赐成就，
有福之人得上师，
财富两全威望高，
心愿信仰心底起，
信守莲师之教言。

热洛顿巴曾修法，
吉祥禅定神殿内，
供有二十一度母，
本尊之金刚亥母，
智慧空行狮面母，
智慧空行施财母，
慈悲光圈环环绕，
非为人类之少女，
容貌好比鲜艳花，
肌肤雪白透红晕，

是为神女非凡人。

果部上下各部落，

连降各种花卉雨，

热洛顿巴之宫殿，

玛多雄伟九连峰，

搭起五色彩虹宫，

玛域上中下雨云，

天降各种花卉雨，

空行佛母唱赞歌；

福运富集珍宝滩，

雄壮牦牛之家园，

牦牛母子满宝滩；

马谷沮洳滩湖畔，

白唇野驴驰骋地，

野驴母子满马谷；

蓝色杜鹃之歌喉，

松树枝头不绝啼；

神鸟仙鹤舞原野，

绕帐三圈展翅飞，

天神鲁年声声唤。

坚赞我之心思想，
万事如意自然成，
机缘善巧天安排，
想着敬奉诸天神！
现在果岭此时段，
果岭休战是为一，
心诚相连是为二，
心愿如绸是为三，
将会出现感人事，
杀父之敌结盟之，
设陷之子议和之，
以往仇敌俱忘之，
永和条件已具备，
双方诚意很迫切。

今日姻缘起始日，
热洛顿巴之公主，
真名叫益西康珠，
是与岭部机缘和，
赐名为果萨拉姆，
钱财嫁妆有如此，

一为上师之预言，

二为父王之心意，

福运聚集之府邸，

随喜如意之宝物，

锦缎丝绸堆成山，

各种兵器及七宝，

璁玉犄角蓝水牛，

五十余头做嫁妆，

青白玉鸟之骏马，

白昼吉祥白哈达，

右旋吉祥白海螺，

水晶火晶如意镜，

尚有不空之神索，

猫眼水晶之宝物，

心想如意之宝贝，

涛涛金沙水精华，

红黄白色诸财神，

白色璁玉右旋宝，

珍宝四洲璁玉帐，

上述宝物献岭部，

俱数作为女嫁妆。

果岭两部如皓日，
犹如水土相和合，
果部叔父众部落，
美丽岭部之二部，
犹如母子般亲密，
犹如一山之驴鹿，
犹如一江之鱼獭，
仿佛父母之亲戚，
心齐意合心相连。

如是僧伦卡玛啦，
此女今天交给你，
愿她幸福度人生；
欧曲朝宗神堡内，
放在五彩锦缎上，
蜂蜜蔗糖供美食，
牛肉酥油不可缺，
茶余酒后供水果，
神食龙饮皆献上，
身穿绫罗与绸缎，
珍宝美饰不离身，

愿请僧伦常关怀，

皆为肝胆肺腑言。

预祝岭部叔父们，

无恙无患健康寿！

牲畜无灾无瘟疫！

赞巴拉神愿吉祥！

食财圆满愿吉祥！

良骑宝马安然驰！

马头明王愿吉祥！

人丁牛羊皆兴旺！

风调雨顺稼穑好！

今日前行筑路人，

路无灾祸皆吉祥！

听完后，僧伦、总管戎擦查根、穆江杰瓦伦珠等满面笑容地相互谈论。超同不以为然地东张西望，但又别无他法，只得闭口不言。

翌日清晨，星象俱佳。正如占卜卦象所示，乃良辰吉日；也如热洛顿巴坚赞所愿，好事已成。于是，益西康珠由百名侍从亲送，佩戴衣冠首饰、华美珍宝犹如神女一般，随行宝马良驹金鞍闪闪，送亲队伍浩浩荡荡，女眷们打扮得美轮美奂。大队伍开始出发。岭部高大魁梧的父辈好像山顶枝头花朵，如一座座山峰在蠕动，随行女人窈窕如竹，前去迎亲。送亲者带着龙界蓝色犄角水牛等珍宝，到达岭部之际，岭部的迎亲队伍也来到了吉祥神谷之口。神子扎拉犹如天神下凡，由三百名骑兵环绕而至，向送亲队伍献哈达、敬美酒，接到神女后共同向岭部行进。

欧曲朝宗城门路边两侧，各色珍贵草木熏燃桑烟，缭绕袅袅，城门两侧画有金瓶、七宝政和万字符等吉祥图案，金银木桶内盛有香气浓郁的药水，桶口哈达紧覆，黄金大门上挂着金色门帘，中门为银制，最里面的内门为玉制。进门之前，赞说人专门赞颂了九眼石、珊瑚、珍珠等宝物及家内外吉祥事物；然后一行人踏上绘有吉祥结的金色楼梯，进入金光闪闪的卧室。吉祥苑邸内，各种库藏齐聚，内供宝座床、净水碗、食子、箭旗、寿瓶等，赞说人又对为官清廉、秉公执法等世俗之理进行了颂唱；最后将如神女一般的果妃引进欧曲朝宗内，献上宴席。宴席上，酒水如流水一般，各色美食堆成山，特别将擦瓦戎之地的白蔗糖、上部地区的黑蔗糖、蜂蜜、琼浆等一一供上，请众人享用，场面如天庭的宴席一般豪华。

婚宴上，朗卡扎巴神子、贡巴部的查恰、玛尼噶热王子、赛巴部尼奔达雅、文部阿尼巴桑、穆江仁青达鲁等依次被封为岭部上中下三部的首领。两个喜事一起办，热闹景象盛况空前。

各类宝物被放入府邸的聚宝福运箱内。果岭众人在席间嬉笑唱歌。热洛顿巴坚赞将珍宝装饰的白色骏马、右旋吉祥白海螺、白昼吉祥哈达等敬献给岭部，又给僧伦卡玛敬献了一条哈达和圣赞巴拉财神像，然后以招财聚福调唱道：

唵嘛呢呗咪吽！

唱首阿拉供奉歌，

塔拉曲调结善缘。

敬一敬二敬三次，

三敬三宝无上法，

供奉上师本尊佛，
阳神战神护法神，
阴神食神索多神，
供奉阿雅赞巴神！

东方璁玉之净土，
白色螺叶宝座上，
金叶炽燃坐垫上，
供奉白色之度母；
南方珍宝之净土，
为了聚集各良缘，
供奉财粮福运神，
如意源泉之财主，
供奉黄赞粮食王；
西方极乐之净土，
红光弥漫无量宫，
黄鸭色杂呈暗红，
紫色果实染大地，
紫色烟雾漫天空，
极乐红黄宝石宗，
供奉怙主无量佛，

供奉莲花系众神；
北方事业之君主，
财神藏主食物神，
地神方神财之主，
财主女神施财母，
肌肤如靛泛蓝光，
身佩璁玉之珍宝，
供奉宝藏如雨降。

莲花尊者无量宫，
供奉本尊金刚神，
供奉五方菩萨佛，
供奉东方金刚母，
供奉业类主宰母，
供奉五部智慧母；
上部阿里之三围，
供奉圣山岗底斯，
供奉玛旁雍措湖，
供奉古拉十三神，
供奉念青唐古拉，
供奉北方纳木错，

供奉羊卓雍措湖，
供奉雅拉香布神，
供奉戎拉坚赞神；
下部朵康六岗山，
供奉东方玛杰神，
供奉觉青东热神，
供奉古拉格佐神，
供奉杂日吉杰神，
供奉吐蕃诸众神，
供奉红黑护法神！

不知此地是何方，
玛域中心之坛城，
阿吉达塘大草原，
谷脑皑皑雪山立，
雪山狮子之家园，
狮子显耀绿鬃地，
中部石山草山地，
野牛炫耀牛角地，
茂密森林繁盛地，
各类野兽怒吼地，

展示美丽六纹地，
各类禽鸟栖息地，
展现歌喉比翼地；
中部白色草滩上，
洁白羊群散落地，
谷口良田大片地，
六谷丰收仓满地，
幸福歌舞欢唱地，
供奉神龙祭祀地。

今天吉祥如意日，
主持欢歌演讲者，
是我热洛顿巴也，
赞巴拉神之化身，
如意珍宝之精华，
温暖身心之衣食，
牛羊牲畜满草原，
白岭上中下部落，
提起热洛皆羡慕，
说起财富皆敬重，
御敌征战之统帅，

操持婚宴之首领，
坐拥不竭财富宝，
热洛财富十八种，
每部牦牛九百头，
都是公共之财产，
但属热洛我一人。
上敬上师和神灵，
下施恶道和恶灵，
毫不吝啬广施财，
岭部男女欢喜日，
大办宴席我赏众，
就如财宝无穷竭，
不是自诩是实情。

今日果部众客人，
妙龄神女果妃她，
金刚空行母化身，
五部极乐自成者，
肤色白嫩光明身，
非为世间寻常物，
招尽世间珍宝财，

聚集龙地一切宝。

招福龙女到岭部，
犹如古人之比喻，
福运宛若山之巅，
挥手岂能轻得之；
饥荒屈辱在身下，
抖身安能躲避之；
财富由父传于子，
偷获岂有那福德；
若要讲清此理由，
得道上师学徒傲，
如无怔悟乃虚妄；
铁面法官随侍凶，
如不识法仅充数，
旱獭贪吃食欲强，
只得花草来充饥；
乌鸦曾想翱天空，
只得挥翅在树间；
毛驴虽想驰原野，
难觅骏马之行列；

恶劣之母儿子狂，
无勇如何得嘉奖；
街头乞丐善骄横，
无财无食任人欺；
妩媚恶母女儿傲，
无才无德无价值；
凶悍之状犬也有，
过分生事遭人殴。

今天良辰吉日时，
根据天文日辰吉，
依照地理时辰祥，
依据习俗吉祥日，
三喜临门征兆良。
八辐法轮天空下，
八瓣莲花大地上，
中间吉祥苑野内，
心和良友二十一，
虽言众人皆有亲，
一生不离者甚少，
人生犹如湖涟漪，

夏冬两季不相同，
时高时低形状异，
时大时小有差异。

今天携手订合约，
若要比喻如下例。
山虽高耸有雪覆，
雪山高耸有雪狮，
山腰草甸水草美，
迎来无数动物游，
山口江河鱼群游，
富贵之主仆人聚，
丘陵之间鹿群奔，
坚固堡垒有强王，
庄严庙宇师威严，
河流之中水獭强。
果岭之间需要有，
威严富有之长官，
若无母亲子何来，
上师修法之核心，
不修初级次第法，

慈悲加持何谈起；
富父之子需食财，
不施钱财民难聚。

果部公主之伴侣，
持重且稳如须弥，
既稳且高又耿直，
不可撼动自然处。
父亲僧伦卡玛他，
三十勇士之精华，
贾擦霞噶之父王，
昔为汉妃之伴侣，
今为果妃之爱人，
一个边地一伴侣，
并非是多而是少。
悲伤之时不离弃，
不嫌妻妾人众多，
只怕恶语伤人心；
酒友虽多实无助，
富翁财广无关己，
无耻之友是祸根；

上等弟子三俱者，
全拜不如依次拜，
得道上师世罕见。
相携一生伴侣少，
千里骏马难寻觅，
无私法官世难逢，
忠心之仆难得见。

果岭两部结连理，
岭果两家如日月，
昼夜不停照四方，
果岭犹如广天空，
四季流转不变换，
果岭安居又乐业，
为求吉祥献哈达，
同以歌声赞大事，
谋略超群之官员，
名副其实之叔父，
手中哈达非一般，
深海所请无垢女，
精心编织绣细纹，

水火风等三类锦。
哈达之端引向天，
僧伦威严高如天，
哈达之尾向湖泊，
果妃之寿似水长，
哈达之中向山岩，
岭部叔命如岩坚。
吉祥哈达一整条，
敬献有福有德仙。

僧伦果妃如日月，
温暖光辉耀四洲，
威势比那蓝天高，
福德权力比水长，
声名显赫传十方，
寿命绵长食财全，
喜吉相伴如日升，
安乐降临愿吉祥！

此歌叔父谨记心，
不懂良缘不会变，

愿果岭能如是想。

听了这首供赞与敬献哈达之歌，岭部叔父、女眷、英雄男儿等，依次如顿巴坚赞那样，向玛域双亲敬献了哈达和各类珍宝服饰。喜庆歌舞、美食欢宴持续了足足七日有余。

超同一直心怀不悦，自言自语道："我等皆为父母子，美丑有何不相同；皆为骏马之后裔，疾徐有何不相同；皆为上师之徒弟，加持有何不相同；皆为长官之臣子，明辨是非有何异。这些皆为世俗语，岂能听之便信之。如若往生至地狱，上师不引谁来引；事不分黑白，法度何以伸张。做穷人的，还常盼富人施。我等皆为父母子，论权势我较高，我紫色董氏后裔内，虽说总管最为大，我达戎之主与他齐；论权柄我达戎强，命令我达戎严，达戎之部兵马壮，咒语法术达戎强，但我超同在果岭之间受侮辱，如此这般被小视受屈，还不如在众人面前说说为好。叫做果妃的这位姑娘，我达戎之主若得不到，以命搏之不足惜。昔日果岭大战时与贡巴热杂比毒咒，恶果我苦苦咽下去；今天这等美差理应轮到我，他尸体般的僧伦卡玛为何有这等好运。"想着想着，超同面露不服之色，眼冒金星，吹气摇头，口中响颚声不断，将心中毫无羞耻的念头以自我吹嘘的方式唱道：

喻嘛呢叭咪吽！

唱首阿拉供奉歌，

塔拉乃是词意义。

岭人唱歌唱阿拉，

除了阿拉和塔拉，

岭部没有其他调。

恭敬众神请明鉴！

上界雍仲天空中，

韦赛达拉美巴鉴，
吉宗郎噶修行洞，
雍仲次旺仁增鉴！
红黑三角无量宫，
殊胜神殿享佳肴，
各类供奉如云聚，
护佑黎民享甘露，
愤怒马头明王鉴，
阳神战神方神鉴，
敬请护佑超同我！

不知此地是何方，
见者皆喜白岭地，
叔父稳坐如须弥，
三界上师传法苑，
元老长官律法地，
骁勇战士习箭场，
婶嫂摆放酒宴场，
空行美女心仪地，
高朋欢宴嬉戏地，
热闹喧嚣幸福地，

十三大谷达塘滩，
良驹骏马满山坡，
竞驰脚力赛马地，
逞勇赞誉之地方。

黄帽上师传佛法，
怔悟深浅各不同；
力猛勇士竞箭技，
箭法优劣不相同；
美女齐聚招亲地，
姿色容颜各相异。
所谓实情是如此，
一母二子目不同，
同为叔父之子女，
骨系不同怎可能？
同为上师之弟子，
修怔不同是为何？
目分左右血浓淡，
手有左右双脚行，
哎呀区别真特别！

黑头人聚集之城，
高大城顶置金顶，
上师之首戴金冠，
官员一心奔高位，
高山之巅插经旗，
良马配备金马鞍，
虽为风俗甚奇异。
如此岭部之部落，
一父二子虽相仿，
共娶一妻说不行，
同住一厩两骏马，
奔跑快慢也相同，
配一金鞍说不行，
一母二女皆美艳，
共侍一夫说不可。

上述说法是强词，
关键时候讲此理。
父兄骨系之尊卑，
世代不变不可能，
相互地位之倾压，

官员竭力攀高位；
骏马奋蹄步虽齐，
所驰道路各相异；
鹿群虽食一原草，
所憩谷地却不同；
此等皆为讥讽语。

不适黄金之贵色，
偏爱黄铜之颜色；
未得白银铸宝贝，
只将铅物挂腰间；
碧玉珊瑚不曾有，
只顶青白玛瑙石；
难得丝绸针织裳，
只将藤草饰衣边。
岭部行为甚怪异，
诡异之外更奇特。

听懂岭部铭记心，
不懂不会再解释，
所聚众人如是想。

唱完后，超同几次欲从踟趺中站起，却未能成功。岭部叔父没有一人与之唱和。过了一会，女眷座位之首，名为丹卡热萨·赛措的美女，从座位起身，只见她身姿曼妙，犹如拔节竹笋高挑端直，面容皎洁，身体柔美，穿有珍贵丝绸如斑斓五彩祥云般华美服饰，头戴精美发饰，金银、九眼石、珍珠等如群星般璀璨。赛措将一条镶有绿松石的哈达、一对金耳环、一双银铸腰饰、一对九眼石献给了果妃，又向僧伦、总管一一献上哈达，遂以婉转画眉鸟调唱道：

唵嘛呢呗咪吽！
阿拉阿拉阿拉歌，
塔拉是种吟唱法。
上师本尊三宝佛，
虔心祈祷请加持！

东方璁玉之净土，
海螺之色宝座上，
金叶炽燃坐垫上，
殊胜度母泰然坐，
东部金刚空行母，
南部珍宝空行母，
西方莲花空行母，
北方成就空行母，
中央佛部空行母，

原智空行五部等，
皆为女眷守护神，
高原吐蕃命运神，
非为一般空行母，
无事不常召请之，
重要时刻来相助！

不知此地是何方，
见者皆喜白岭地，
人生有常也无常，
今日饱餐明日饥，
人生财富如朝露，
朝冷夕热常变换，
乞讨之人难乞食，
无耻之友共享之，
无德恶官欺百姓，
无道上师只为财，
舍命只为求财富，
无勇无谋夸海口，
劣马不奔易惊恐，
无才之女自视高。

过去根本谚语讲：

无道无法之上师，

犹如天鹅翔湖上，

所愿乃为湖中鱼；

无德无权之长官，

犹如孔雀之开屏，

所食乃是草乌毒；

无有技艺之少年，

犹如垭口拉则旗，

只得随风四飘扬；

无有智慧之少女，

犹如喜鹊落石上，

叽叽叫来又喳喳，

摇头摆尾声响亮，

飞临岩石食死水，

晨曦之时不做声，

只得空腹常受饥，

此为玩笑姑娘们！

岭部宝地人丁旺，

上师之法争辩多，

不求怔悟逞口快；
长官法度常辩论，
不知身后贪蝇利；
叔父谋略有深浅，
不论良策看势力；
富贵之人财多寡，
可从侍从尽得晓；
少年姐妹喜恶同，
所言之事无需多。

穆布董氏之总管，
智慧广大如宝库，
如愿良计皆实现；
岭部将士如虎豹，
斑纹烈烈显神威！
岭师身语意修持，
神通加持皆实现！
王族尊贵神之子，
所娶果妃生神子，
统御岭部掌权政，
王父王母威名扬！

愿岭部事能如愿！

统治四海三界地！

财富不断滚滚来！

岭部叔父聚集地，

我祝大家皆吉祥！

从今以后之日子，

幸福长寿绵绵长！

宝藏享受业兴盛！

一缕哈达献两位，

哈达之首指向天，

祝愿威望高如天！

哈达之尾指岩崖，

祝愿寿命比岩固！

哈达之尾指江河，

祝愿子嗣永不绝！

祝愿大家皆吉祥！

长寿福禄常兴旺！

敬献哈达祝吉祥。

听懂铭记在心间，

充当双耳金银环，

不懂大众请包涵，

恕我长相不惊艳，

自表洁白心意曲，

愿众事能自然成！

唱完，赛措在哈达之端系上各种宝石，献给尊贵伉俪，又向岭部叔父们一一敬献哈达。中间座位首座上，戎擦查根起身说道：“九天银河、戎擦查根、北极星昴宿星皆为世劫初形成，为何如此暂且不讲。如今取得如此成就，都是紫色董氏后裔之功绩。我是曲潘纳布之子，才识丰盈充沛胸间。江河广深鱼自来，山高谷深草木盛，岭部地大物自丰。说起我董氏戎擦查根的情形，上部岗底斯雪山，中部玛旁雍措圣湖，下部总管戎擦查根渚，皆为藏地原始三母，此外无足道哉！果岭如何开战、谁能胜出，都难测，需要神谕，常言道天外有天、人外有人，敬神祭祀自有怙主保佑，礼拜上师往生自有出路。”总管将一条哈达举向天空后，又继续说道：“果岭友好如白酥，乳白脂厚。高楼顶上建金幢，高山之巅插经幡，大江之上架桥梁，众心向善有高朋，高贵之辈皆称赞！”然后以江河缓流调唱道：

唵嘛呢叭咪吽！

阿拉歌曲之唱法，

去唱果岭白酥歌，

歌唱亘古不变言，

有耳请你用心听，

但愿铭记在心间！

果岭友好如日月，
果部仿佛众星耀，
英雄如二十八宿，
智者善于算实事，
算尽日月之运转，
春夏秋冬之变更，
世间黎民之风俗，
睿慧智者皆通晓。

此外还有吉祥言，
果岭结盟如天地，
大地丰腴降祥瑞，
祝愿不变永吉祥！
昔日吐蕃所行教，
政教犹如日月照，
心愿永固常加持！
果岭日月同辉间，
日曜不蚀神常胜！
吐蕃佛教诞生起，
佛法三宝是法脉，
不灭不败永吉祥！

南瞻部洲果岭间，
南云青龙比翼齐，
祝愿狂风不能毁，
天空白云永吉祥！
果岭天地相对处，
饥荒灾祸不要扰，
赞巴拉神永吉祥！
岭部今得果妃来，
僧伦双亲得贵子，
统御三界之日时，
国富民强拓疆域，
祝愿梵天永吉祥！
果岭和亲如玉帛，
不再争执起兵日，
祝愿格佐永吉祥！
子女犹如上弦月，
为使草木永丰茂，
祝愿雨水永不断，
吐蕃法轮昼夜转，
没有法难与劫度，
祝愿二身永吉祥！

高山吐蕃持中见，

佛法使者聚集日，

祝愿九神永吉祥！

本尊与佛无异之，

背誓鬼魔不得势，

祝愿莲师永吉祥！

黑白杂色各家畜，

未有饥荒与疫情，

愿多闻子永吉祥！

吐蕃祖孙三法王[1]，

不受魍魉之压迫，

祝愿勇士永吉祥！

白岭慈母众女人，

衣食富足不衰败，

祝愿龙界永吉祥！

岭部三十女眷们，

不使流言伤其身，

祝愿度母永吉祥！

岭部三械之勇士，

1　祖孙三法王：指吐蕃历史上大兴佛法的松赞干布、赤松德赞和赤热巴巾三位赞普法王。

永不屈膝敌足下，
英雄勇行永吉祥！

如此思念永不灭，
如意宝与如意树，
能使众生得乐因，
心想事成永吉祥！
岭部父辈众兄弟，
慈母女眷众勇士，
不再内讧与内乱，
祝愿护法永吉祥！
祝愿白昼永吉祥！
祝愿黑夜永吉祥！
昼夜时时永吉祥！

总管如是召唤吉祥的同时，迎请果妃的隆重仪式也随之结束。果部送亲者返回果部。果岭百姓对两部的结盟感到无比欢喜，纷纷期待未来的美好生活。

整理者说明

《格萨尔》史诗部本《果岭》（上、下册）是根据著名《格萨尔》说唱艺人桑珠先生于1999年的说唱录音整理而成。此录音版共计50小时，在拉萨市第七中学教师雅卓同志于2000年抄录文字的基础上，本人于2001年承担了这一部本的整理任务，并于2002年由西藏藏文古籍出版社首次出版发行。

四川民族出版社出版发行的关于果岭之战和有关桑龙迎娶果萨主题的《天界占卜九藏》《诞生篇》，在著名格萨尔说唱艺人扎巴先生说唱的《天界占卜九藏》和桑珠本人说唱的《神岭》中多少都有一些记载。此次即将付梓的是目前唯一围绕果岭之战和桑龙迎娶果萨这一事件加以详述的一部史诗，也是以此主题为单行本出版的第一部史诗。

其实，《格萨尔》史诗是在藏民族古老的神话、道歌、故事和谚语等民间文学的基础上创作发展的，是一部研究藏族社会的百科全书。此次通过对《果岭》的整理，发现《格萨尔》史诗不仅是反映藏族远古社会的一面镜子，而且还能挖掘现在生活中完全消失的一些古老的事物。口头文学是文学艺术的渊源，是文学艺术的最初表现方式之一，也是原始社会的人们通过实践经验教育后代的唯一方式。其中，以艺术形式反映了远古时代的生活、生产、思想、道德和民俗风情等。在《格萨尔》史诗中，人们可以了解和认知到藏民族的远古社会和远古文明，尤其在《果岭》这部史诗中，人们更能详细地了解藏民族远古婚庆的方式、礼仪、规则、民俗、服饰，包括在婚庆前后或者期间表演和比赛的各类艺术、竞技项目，包括藏民族对抢婚、赌婚、联姻的看法。

录制此书时，著名说唱艺人桑珠先生已年近80岁，史诗中难免会出现一些语句前后矛盾、情节重复等现象，尤其发现好多磁带的结尾和第二盘中间部分多少有一些漏句，不易前后连接。为此，本人前往桑珠老人处，与他一一校对、商榷补充，未自行修改和增减。

另外，此书中一些人物的名称，在不同场合各有称呼，前后有些混乱，与说唱艺人当面交换意见后，除个别之外已全部统一。例如：果萨之称，在龙界称维嘎泽丹，在果部称益西康珠，迎娶岭部后又称果萨拉姆。为了便于对照、研究，在整理过程中未与其它版本统一，按照说唱艺人的口述，几乎未作改变。同样，唱词部分也遵照民间唱法，除了一些虚词的增减，基本按照说唱艺人的口述未进行改动。

为了《格萨尔》史诗的抢救及为未来工作提供资料，书中各个方面尽力保持了原始状态，但是，难免会出现左支右绌的情况，请大家批评指正，谢谢！

整理者：次仁平措

译后记

说起《格萨尔》史诗，在我的童年里，《霍岭之战》和《阿达拉姆》像两盏永不熄灭的灯，一直照亮我的左右。此次，有幸被聘为西藏自治区社科院《格萨尔》史诗翻译组专家，并让我承担《格萨尔》部本《果岭》（上、下册）的翻译工作，感到无比欣慰。

当初拿到此书，虽然是藏译汉，但梦想把它翻译成像《贤愚经》一样人人喜欢的书籍。由于工作和时间的原因未能按时完成。在两年多的时间里，摸爬滚打，以较好的成绩完成了此项任务。

在翻译过程中也遇到了一些困惑，主要是唱词部分。第一，原文的唱词都以格律诗形式出现，如果按原文字数相等（不押韵）翻译，有时就会出现语意未尽或者专门为了字数填补虚词的感觉；第二，原文除了一些词语、记事和描述方法等，基本上与现在统一应用的语法和文字没有什么大的差别，但是翻译的时候，如果以白话文的形式翻译感觉有点离谱，达不到原文的意境，加点“之乎者也”又找不到原文的氛围；第三，很难解决直译和意译之间的矛盾，如果以直译的方法翻译唱词，可以达到字数相等的效果，但几乎可以说不能完全表达原文的诗意和韵律，失去了原文的语言风格，如果以意译的方法翻译，在特定的范围内尽情发挥译者的激情，虽然可以让文字在字里行间跳跃起来，但又丧失了对原文格律诗的欣赏；第四，如果以直译加意译的方法翻译，可以按原文格式表达语义和意义，但感觉不伦不类，甚至有时候质疑自己是否达到“信雅达”的标准。总之，很难达到预期效果。

此次《格萨尔》史诗部本《果岭》的翻译让我深深感受到了为什么说“翻译是再创作”，尤其在翻译文学作品时，翻译固然要尊重原作的风格，不能太过拘泥于原文的形式，只尊重字面意义，缺乏引申含义，如果这样就无法表达原作的精神风貌。译者在理解原文的基础上，必须要有一定的创作性，在限定的范围内重新构思，重新组合词语，甚至要重新安排语言的顺序，才能在译文中自然、恰当、原汁原味地传达出原文的意境，增强语言的可读性，如此，读者也能在译文中欣赏到原文的意境。虽然形式不对等，但效果对等。

吾见才让

2018 年 11 月 6 日于拉萨